अल्बर्ट आइंस्टाइन

अल्बर्ट आइंस्टाइन वैज्ञानिक सोच के महाधनवान
by Tejgyan Global Foundation

प्रथम संस्करण : जनवरी 2018
रीप्रिंट : नवंबर 2019
संपादन : तेजज्ञान ग्लोबल फाउण्डेशन, पुणे
प्रकाशक : वॉव प्रब्लिशिंग्स प्रा. लि., पुणे
ISBN : 978-81-936073-6-7

© Tejgyan Global Foundation

All Rights Reserved 2018.

Tejgyan Global Foundation is a charitable organization with its headquarters in Pune, India.

सर्वाधिकार सुरक्षित

इस पुस्तक के कॉपीराईट्स तेजज्ञान ग्लोबल फाउण्डेशन के साथ आरक्षित हैं तथा प्रकाशन अधिकार विशेष रूप से वॉव पब्लिशिंग्ज् प्रा.लि. को सौंपे गए हैं। यह पुस्तक इस शर्त पर विक्रय की जा रही है कि प्रकाशक की लिखित पूर्वानुमति के बिना इसे व्यावसायिक अथवा अन्य किसी भी रूप में उपयोग नहीं किया जा सकता। इसे पुनः प्रकाशित कर बेचा या किराए पर नहीं दिया जा सकता तथा जिल्दबंद या खुले किसी भी अन्य रूप में पाठकों के मध्य इसका परिचालन नहीं किया जा सकता। ये सभी शर्तें पुस्तक के खरीददार पर भी लागू होंगी। इस संदर्भ में सभी प्रकाशनाधिकार सुरक्षित हैं। इस पुस्तक का आंशिक रूप में पुनः प्रकाशन या पुनः प्रकाशनार्थ अपने रिकॉर्ड में सुरक्षित रखने, इसे पुनः प्रस्तुत करने की प्रति अपनाने, इसका अनूदित रूप तैयार करने अथवा इलेक्ट्रॉनिक, मैकेनिकल, फोटोकॉपी और रिकॉर्डिंग आदि किसी भी पद्धति से इसका उपयोग करने हेतु समस्त प्रकाशनाधिकार रखनेवाले अधिकारी तथा पुस्तक के प्रकाशक की पूर्वानुमति लेना अनिवार्य है।

ALBERT EINSTEIN
Vaigyanik Soch Ke Mahadhanwan

© All rights reserved

Disclaimer : Although the editors have made every effort to ensure that the information in this book was correct at the time of printing, the editor and publisher do not assume and hereby disclaim any laibility to any party for any loss, damage or disruption caused by errors or omissions, whether such errors or omissions result from negligence, accident, or any other cause.

वैज्ञानिक सोच के महाधनवान

अल्बर्ट आइंस्टाइन

$E = MC^2$

A Happy Thoughts Initiative

॥ वैज्ञानिक जीवन यात्रा ॥

	दो शब्द	07
एक -	ज्ञान और स्वज्ञान के बीच की कड़ी - विज्ञान	09
दो -	पदार्थ और गति विज्ञान के जनक	13
खण्ड १ प्रारंभिक जीवन		17
1	अल्बर्ट का परिवार	19
2	स्कूली शिक्षा का प्रारंभ	23
3	सफलता का मूलमंत्र	25
4	अल्बर्ट की पसंदीदा बातें	29
5	अल्बर्ट का मित्र मैक्स टेलमुड	31
खण्ड २ युवा जीवन में कदम		35
6	आराउ का कैंटोनल स्कूल	37
7	ज्यूरिक का पॉलिटेक्निक इंस्टीट्यूट	39
खण्ड ३ वैवाहिक जीवन और शोध कार्य		45
8	पेटंट कार्यालय में पहली नौकरी	47
9	मिलेवा के साथ विवाह	51
10	आइंस्टाइन के प्रथम चार शोध	53
11	आइंस्टाइन का सापेक्षता सिद्धांत	57
12	ज्यूरिक पॉलिटेक्निक में वापसी	61
13	प्राग विश्व विद्यालय से प्रस्ताव	65
14	बर्लिन में स्थानांतरण	69

5

15	एल्सा से विवाह	75

खण्ड ४ सापेक्षता सिद्धांत के लिए यात्राएँ   79

16	विदेश यात्राएँ	81
17	नोबेल पुरस्कार	91
18	आइंस्टाइन के जीवन के 50 वर्ष	95
19	गुरुदेव रबीन्द्रनाथ टैगोर से मुलाकात	99
20	हिटलर का शासन	101

खण्ड ५ प्रिंसटन के 20 वर्ष   105

21	प्रिंसटन में स्थानांतरण	107
22	प्रिंसटन के यादगार किस्से	111
23	आइंस्टाइन और परमाणु बम	115
24	इस्राइल के राष्ट्रपति पद का प्रस्ताव	119
25	अंतिम हस्ताक्षर	123

खण्ड ६ आइंस्टाइन की भौतिकी दुनिया   127

26	क्वांटम सिद्धांत	129
27	आइंस्टाइन और मानव मस्तिष्क	131
28	आइंस्टाइन के कुछ अनमोल विचार	135
	तेजज्ञान फाउण्डेशन की जानकारी	139-152

दो शब्द

विज्ञान को प्रकृति का सबसे विशेष ज्ञान माना जाता है। मनुष्य ने समय-समय पर अपनी आवश्यकताओं को पूरा करने के लिए नए-नए आविष्कार किए, जो विज्ञान की ही देन हैं। ब्रह्माण्ड, आकाश, समय, काल, गति आदि जैसे विषयों को लेकर अनेक खोजें तथा शोध होते रहे, जिससे आम आदमी के मन में भी इन्हें और गहराई से जानने की जिज्ञासा बढ़ती गई। इस प्रकृति की प्रत्येक गतिविधि ब्रह्माण्ड से जुड़ी हुई है। हम जो कुछ भी करते हैं, उसका संबंध कहीं न कहीं ब्रह्माण्ड से अवश्य होता है। ब्रह्माण्ड के परीक्षण का विकास स्तर भी धीरे-धीरे विकसित हुआ। समय-समय पर अनेक भौतिक वैज्ञानिकों ने अपने शोधों द्वारा इससे जुड़ी नई से नई जानकारियाँ हमारे सामने लाकर रखीं, जिन्हें देखकर हम दाँतों तले उँगली दबाए बिना नहीं रह सके।

विज्ञान के क्षेत्र में समय-समय पर अनेक युगपुरुषों ने जन्म लिया है। उन्होंने न केवल विज्ञान से जुड़े विषयों पर नित नए प्रयोग किए बल्कि उनसे जुड़े कई अनगिनत रहस्यों से भी परदा उठाया। ऐसे ही एक व्यक्ति का नाम था 'अल्बर्ट आइंस्टाइन', जो विज्ञान रूपी आकाश में एक ऐसा सितारा बनकर चमके, जिसकी रोशनी आज भी वैज्ञानिक जगत को प्रकाशमान कर रही है। वे एक यहूदी परिवार से संबंध रखते थे और उन्हें भौतिकी के लिए संसार के सबसे उच्च सम्मान 'नोबेल पुरस्कार' से सम्मानित किया गया था। उनके द्वारा तैयार किए गए, सापेक्षता के सिद्धांत ने समूचे वैज्ञानिक जगत का एक नया ढाँचा विश्व के सामने लाकर खड़ा कर दिया। इस सिद्धांत ने हमें सोचने पर मजबूर कर दिया कि ब्रह्माण्ड में होनेवाली प्रत्येक गतिविधि वास्तव में ऐसी नहीं होती,

जैसा कि हम सोचते हैं। उनके नई तरह के क्रांतिकारी विचारों से वैज्ञानिक जगत में तहलका मच गया। वे आम आदमी के भी चहेते बनते गए और जगह-जगह उनके नाम की चर्चा होने लगी।

आइंस्टाइन अपनी कुछ चिरपरिचित आदतों के कारण भी विख्यात थे। वे थोड़े भुलक्कड़ प्रवृत्ति के इंसान थे, जो अकसर कार्य करते समय कुछ न कुछ भूल जाया करते थे। पैरों में जुराबें न पहनना भी उनके व्यक्तित्व का एक महत्वपूर्ण हिस्सा था। वायलिन बजाना और नौका विहार करने जैसे शौक उनके समय बिताने के प्रिय साधनों में से थे। यही नहीं, बात-बात पर बच्चों की तरह खिल-खिलाकर हँसना तथा अपने आसपास विनोदप्रियता का एक महौल बनाकर रखना भी उनके व्यक्तित्व का एक महत्वपूर्ण अंग था।

लोग अकसर उनके तेज़ दिमाग को लेकर सोचने पर मजबूर हो जाते कि आखिर उनके दिमाग में ऐसा क्या है, जो इतना तेज़ चलता है। वैज्ञानिकों का भी दावा था कि उनके दिमाग में कई ऐसे मोड़ थे, जिसके कारण आइंस्टाइन को असाधारण तरीके से सोचने की क्षमता प्राप्त थी। इसी दिमाग के कारण उन्होंने एक 'लौकिक धर्म' (सार्वजनिक धर्म जो हर एक के लिए है) की व्याख्या की और उनका मानना था कि आनेवाले भविष्य में यही लौकिक धर्म ही सभी भगवान का स्थान ले लेगा, जो सभी तरह के तर्क, धार्मिक अंधविश्वासों तथा क्रिया कलापों को समाप्त कर देगा।

प्रस्तुत पुस्तक को इस तरह तैयार किया गया है कि पाठक को महान वैज्ञानिक अल्बर्ट आइंस्टाइन के संपूर्ण जीवन और उपलब्धियों की जानकारी दी जा सके। महापुरुषों की जीवनियाँ हमें जीवन में आगे बढ़ने की प्रेरणा देती हैं। यह पुस्तक पाठकों के लिए एक प्रेरणा स्रोत बन सके, उनके जीवन में कल्याण तथा मानवता की सेवा करने के लिए प्रेरणा दे सके, इसी आशा के साथ.....!

संजय भोला 'धीर'

एक

ज्ञान और स्वज्ञान के बीच की कड़ी

विज्ञान

ज्ञान, विज्ञान, स्वज्ञान - तीनों अलग-अलग तरह से इंसान की मदद करते हैं।

'**ज्ञान**' यानी जानकारी। इस जानकारी के क्षेत्र में वे सब बातें आती हैं जो वस्तु और उसके उपयोग से संबंध रखती हैं। ऐसी बातों की आपको केवल जानकारी होती है जैसे कि आपका जन्मदिन कब है... आप दोपहर का खाना कहाँ खानेवाले हैं... आप कहाँ पर नौकरी करना चाहते हैं... व्यापार कहाँ करना चाहिए... किस जानकारी के आधार पर आपको आजीविका लक्ष्य मिलनेवाला है... इत्यादि।

इसे आय.टी. यानी इन्फॉरमेशन टेक्नोलॉजी भी कहा जा सकता है। जानकारी तक कोई रुक जाए तो उसे जीवन में पूर्णता प्राप्त नहीं होती। क्योंकि जानकारी के साथ कई धोखे हो सकते हैं।

ज्ञान का सहोदर (भाई) है '**विज्ञान**'। हमारे चारों ओर अनगिनत वस्तुएँ बिखरी पड़ी हैं। वे अपने मूल रूप में जैसी भी हैं उन्हें उपयोगी बनाने और उनकी विशेषताओं को समझने की प्रक्रिया है विज्ञान। विज्ञान ने इंसान को साधन संपन्न बनाया है। विज्ञान की मदद से आज प्रकृति के अनेक रहस्य खोजे गए हैं। यदि कोई बात वैज्ञानिक स्तर पर सिद्ध की गई है तो सफलता निश्चित मिलती है। इस तरह आप विज्ञान का आधार लेकर

आगे बढ़ते हैं और कुछ बातों पर पूरे यकीन और विश्वास के साथ काम करते हैं क्योंकि आपको पता है कि यह वैज्ञानिक स्तर पर सिद्ध हो चुका है। विज्ञान यह कार्य करता है। अगर ये दो बातें ही होतीं और स्वज्ञान न होता तो क्या होता?

'**स्वज्ञान**' का महत्त्व क्यों है? हालाँकि विज्ञान, स्वज्ञान की कुछ बातें सिद्ध नहीं कर पाएगा मगर स्वज्ञान के बगैर यह त्रिकोण अधूरा है। त्रिकोण पूरा करने के लिए स्वज्ञान अति आवश्यक है।

ज्ञान और अज्ञान से परे है 'तेजज्ञान' यानी 'स्वज्ञान।' स्वज्ञान के साथ अज्ञान दूर होता है और ईश्वर प्रकट होता है। आपको किसी एक में भी ईश्वर दिखने लग गया तो हर एक में आप ईश्वर ही देखेंगे, चाहे अवस्था कैसी भी हो। बिना स्वज्ञान के इंसान बिलकुल उस पक्षी की भाँति है, जो पंख होते हुए भी उड़ नहीं सकता। जब वह किसी पक्षी को उड़ते हुए देखता है तो उसके हृदय में भी उड़ान भरने की इच्छा जागृत होती है। इसके बाद उसकी उड़ने की संभावना खुलती है। इसका अर्थ ही यदि आपके नज़दीक रहनेवाले किसी भी इंसान में स्वज्ञान की अवस्था प्रकट हुई है तो आपके भीतर भी यह अवस्था प्रकट होने की पूर्ण संभावना है।

अगर आपसे कहा जाए कि इन तीन शब्दों में से दो ऐसे शब्दों को चुनें, जिससे आपका जीवन चल पाएगा तो आप किन दो को चुनेंगे?

तीनों शब्दों में से यदि आप स्वज्ञान को निकाल देंगे तो आपका जीवन अधूरा रह जाएगा। जानकारी को निकाल देंगे तो बिना जानकारी के आप स्वज्ञान तक नहीं पहुँच पाएँगे। स्वज्ञान पाने के लिए पहले उसकी जानकारी मिलना आवश्यक है।

अब बचता है, 'विज्ञान', जिसे जाने बिना भी आम इंसान का जीवन खुशी से चल सकता है। बिजली कैसे बनती है? कैसे प्रवाहित होती है? हर इंसान को यह पता हो, ऐसा ज़रूरी नहीं है। उसे सिर्फ यह जानकारी होना ज़रूरी है कि कौन सा बटन दबाना है? उसी तरह कंप्यूटर में प्रोग्राम कैसे चलते हैं? उसे कहाँ से सिग्नल मिलता है? क्या दबाने से या डाऊनलोड

करने से कौन सा विंडो खुलता है? कौन से प्रोग्राम एक-दूसरे को सपोर्ट करते हैं? डिलीट बटन दबाने से कंप्यूटर में क्या होता है? इसके लिए विज्ञान की जानकारी नहीं भी है तो इंसान कंप्यूटर पर कार्य कर सकता है। उसका जीवन चल सकता है। उसके लिए पूरे विस्तार से विज्ञान को समझने की ज़रूरत नहीं है।

इससे विज्ञान का महत्त्व कम नहीं होता। विज्ञान बहुत से लोगों का कार्य आसान करता है। जो भी वैज्ञानिक खोजें होती हैं वे इंसान को मदद करती हैं। उसे खुद जाकर खोज करने की ज़रूरत नहीं होती। वह उन खोजों के बारे में विस्तार से जाने बगैर भी उनका आनंद ले सकता है। वह उन खोजों का इस्तेमाल करता है। विज्ञान इंसान के लिए जो कर पाता है बाकी कोई नहीं कर पाता।

यदि तीन शब्दों में से एक को चुनने के लिए कहा जाए तो भी आप स्वज्ञान को बायपास नहीं कर सकते। सिर्फ जानकारी से सुख-सुविधाओंवाला जीवन तो प्राप्त हो सकता है मगर इंसान का मन तो वही होगा, जो दुःख लाता रहेगा। दुःख में इंसान सब कुछ प्राप्त करने के बाद भी शरीरहत्या की सोचता है... नीरस जीवन जीता है... लोगों से परेशान होता है क्योंकि उसे रहना तो लोगों के बीच में ही है। स्वज्ञान ही दुःख मुक्ति करवाता है।

तीनों शब्द जब एकसाथ मिलते हैं तो जो त्रिकोण तैयार होगा उससे आप उच्चतम अभिव्यक्ति के लिए तैयार होंगे क्योंकि कुछ लोगों को विज्ञान की भाषा में समझना ज़रूरी होता है। विज्ञान की जानकारी आपको सत्य को समझने और सत्य की अभिव्यक्ति में मदद करती है।

'मृत्यु उपरांत जीवन' है या नहीं? इस पर भी आज विज्ञान धीरे-धीरे एकमत होकर सहमत हो रहा है। मगर सिर्फ इसी खोज में इतने साल निकल गए। अब सबूत मिलते जा रहे हैं और जानकारी बढ़ रही है। जानकारी फैलाने में टेक्नोलॉजी मदद कर रही है इसलिए लोगों का एकमत होना ज़्यादा आसान हो रहा है। इससे विज्ञान का महत्त्व समझ में आता है।

विज्ञान स्वज्ञान को नहीं समझ पाएगा क्योंकि यह बुद्धि में बैठनेवाली बात नहीं है मगर अनुभव तो किया ही जा सकता है। जो लोग ग्रहणशील हैं उनके साथ कार्य किया जा सकता है। जो वैज्ञानिक सोच के धनवान हैं, वे स्वयं स्वज्ञान का स्वाद ले सकते हैं। यदि जीवन में आपको कोई ऐसा इंसान मिल जाए जो स्वज्ञान का धनी है तो उसे अपना परामर्शदाता बनाएँ यानी अपने आगे के जीवन के लिए सदा उससे सलाह लें। इससे आप देखेंगे कि आपका जीवन बहुत सरल, आसान और आनंदित हो जाएगा।

स्वज्ञान से अंतर्दृष्टि प्राप्त होती है, जिसके ज़रिए इंसान कुदरत में छिपी अदृश्य शक्तियों को जान पाता है। उन शक्तियों से वह सब कुछ प्राप्त किया जा सकता है, जिसकी इंसान अभिलाषा रखता है।

हालाँकि स्वज्ञान कुदरत की शक्तियों तक सीमित नहीं है। यह पृथ्वी पर आने के आपके लक्ष्य को प्राप्त करने में सहायक बनता है। स्वज्ञान तक पहुँचने से पहले इस शताब्दी के महान वैज्ञानिक अल्बर्ट आइंस्टाइन के सिद्धांतों से विज्ञान को जानें।

दो
पदार्थ और गति विज्ञान के जनक

> जिस मनुष्य ने कभी गलती नहीं की,
> उसने कभी कुछ नया करने की कोशिश नहीं की।

कुछ वर्ष पूर्व एक पत्रिका में एक कार्टून का चित्र देखा था, जिसमें अंतरिक्ष यान का एक यात्री दूसरे यात्री को पृथ्वी की ओर इशारा करते हुए कह रहा था, 'देखो! यह वही ग्रह है, जहाँ आइंस्टाइन का जन्म हुआ था।'

यदि कोई इतिहास के सबसे बुद्धिमान मनुष्य के विषय में प्रश्न करता है तो सभी के मस्तिष्क में अल्बर्ट आइंस्टाइन का नाम सबसे पहले आता है। अलग-अलग युग में उन्हें शताब्दी पुरुष, सर्वकालिक महान वैज्ञानिक, जीनियस और न जाने कितने ऐसे अनेक संबोधनों से पुकारा गया। वही आइंस्टाइन, जिन्होंने सिद्धांतों तथा शोधों द्वारा विज्ञान का चेहरा ही बदलकर रख दिया। उन्होंने 20 वीं सदी के प्रारंभिक 20 वर्षों तक विश्व के विज्ञान जगत पर अपनी गहरी छाप बनाए रखी। अपनी खोजों के आधार पर उन्होंने अंतरिक्ष, गुरुत्वाकर्षण और समय से जुड़े ऐसे-ऐसे सिद्धांत दुनिया के सामने प्रस्तुत किए, जिन्हें देखकर संपूर्ण विश्व उनकी ओर खिंचता चला गया। इसी कारण उन्हें 'आधुनिक भौतिकी* का जनक' भी कहा जाता है। उनका जीवन इस बात का प्रमाण

---
*भौतिकी का अर्थ - पदार्थ और गति का विज्ञान

है कि साधारण से साधारण व्यक्ति भी मेहनत, हिम्मत और लगन से सफलता प्राप्त कर सकता है और विश्व में नाम कमाते हुए, असाधारण व्यक्तित्व की श्रेणी में आ सकता है।

अल्बर्ट आइंस्टाइन अपने सापेक्षता सिद्धांत (Theory of Relativity) और द्रव्यमान ऊर्जा समीकरण (Mass–energy equivalence) $E = mc^2$ के लिए संपूर्ण विश्व में प्रसिद्ध हैं। उन्हें सैद्धांतिक भौतिकी (Theoretical physics) और विशेषकर प्रकाश विद्युत प्रभाव (Photoelectric effect) की खोज के लिए सन 1921 में विश्व के सर्वोच्च 'नोबेल पुरस्कार' से सम्मानित किया गया। उन्होंने 50 से अधिक शोध पत्र तथा अलग-अलग विषयों पर पुस्तकें लिखीं। सन 1999 में उन्हें विश्व प्रसिद्ध 'टाइम' पत्रिका द्वारा 'शताब्दी पुरुष' के अलंकार से सुशोभित किया गया। अल्बर्ट आइंस्टाइन को जर्मनी, इटली, युनाईटेड किंग्डम, युनाईटेड स्टेट्स, बेल्जियम, ऑस्ट्रिया तथा स्विट्ज़रलैंड जैसे देशों की नागरिकता प्राप्त थी। **आइंस्टाइन को अपने सिद्धांतों पर ईश्वर से भी अधिक विश्वास था।** वे किसी ऐसे व्यक्तिगत ईश्वर की कल्पना तक नहीं कर पाते थे, जो किसी मनुष्य के दैनिक जीवन के विषयों का मार्गदर्शन कर सके, उनके हित के लिए कोई निर्णय ले सके या उन्हें उनके हिस्से की सुख-सुविधाओं से भरपूर कर सके।

आइंस्टाइन विलक्षण प्रतिभा के धनी व्यक्ति थे। उनका स्वभाव अंतर्मुखी था। वे भौतिक तथा अभौतिक दोनों ही प्रकार के संसार में निवास करते थे। उनके रचना संसार में एक ओर तो विश्व के समस्त वैज्ञानिक होते थे और दूसरी ओर चार्ली चैप्लिन, गुरुदेव रबीन्द्रनाथ टैगोर, रोमाँ रोलाँ जैसी विश्व प्रसिद्ध हस्तियाँ मौजूद रहतीं। उनका मानना था कि **मनुष्य का मस्तिष्क एक सुपर कंप्यूटर है, जो बड़े से बड़ा कार्य करने और उसे संजोए रखने की क्षमता रखता है।** इसके लिए आवश्यक है कि उसे सही प्रकार से प्रयोग में लाया जाए। लेकिन दूसरी ओर देखा जाए तो वे स्वयं ही अपनी बुरी स्मरणशक्ति के लिए जाने जाते थे। वे अकसर ही महत्वपूर्ण तारीखें, लोगों के नाम, टेलीफोन नंबर आदि भूल जाते थे।

उनके विज्ञान के प्रति लगाव को सभी भली-भाँति जानते थे। उन्होंने लिखा भी है, विज्ञान कोई बंद पुस्तक नहीं है और न ही कभी होगी। प्रत्येक महत्वपूर्ण प्रगति नए प्रश्नों को जन्म देती है। विकास का प्रत्येक दौर अंतत: नई और अधिक जटिल समस्याओं को जन्म देता है। कहा जाता है कि अच्छी संगति तथा अच्छे विचार मनुष्य की प्रगति के द्वार खोल देती है। ये दोनों ही हमारे जीवन में अत्यंत महत्त्व रखते हैं। आइंस्टाइन का हमेशा यही मानना था कि मनुष्य चाहे छोटा कार्य ही क्यों न कर रहा हो, उसे उस काम को पूरी सच्चाई तथा प्रामाणिकता के साथ करना चाहिए। वह तभी संसार में एक बुद्धिमान व्यक्ति के रूप में उभरकर आ सकता है।

खण्ड १
प्रारंभिक जीवन

1
अल्बर्ट का परिवार

हरमन आइंस्टाइन (Hermann Einstein) और पॉलिन आइंस्टाइन (Pauline Einstein) यह यहूदी दंपति जर्मनी के बावरिया राज्य में रहते थे। हरमन आइंस्टाइन ने अपने स्कूली दिनों में गणित विषय में महारत हासिल की थी। लेकिन परिवार की आर्थिक स्थिति के कारण वे आगे विश्वविद्यालय की शिक्षा नहीं ले पाए। आगे वे उनका पारिवारिक व्यवसाय बढ़ाने के कार्य में जुट गए। उनका व्यवसाय वैज्ञानिक थॉमस एल्वा एडिसन द्वारा स्थापित बिजली की प्रत्यक्ष धारा (डीसी*) पर आधारित बिजली के उपकरण बनाकर बेचने का था।

पॉलिन एक अच्छे नाक-नक्शवाली सुंदर महिला थीं, जिन्हें संगीत बहुत प्रिय था। जर्मन साहित्य में भी उनकी अच्छी पकड़ थी। पॉलिन और हरमन को पुराने धार्मिक अंधविश्वास और ढकोसले बिलकुल पसंद नहीं थे। ऐसा कहा जाता है कि हरमन प्रकृति प्रेमी थे। उन्हें जंगलों, पहाड़ों एवं वादियों की सैर करना बहुत अच्छा लगता था। वे अकसर पॉलिन के साथ इन स्थानों की सैर करते थे।

हरमन और पॉलिन का वैवाहिक जीवन खुशी से बीत रहा था और कुछ ही महीनों बाद उनकी खुशियाँ दुगनी हो गईं, जब उन्हें पता चला

---
*विद्युत वितरण की एक व्यवस्था

कि पॉलिन माँ बननेवाली हैं। इस आनेवाले नन्हें मेहमान के लिए दोनों के मन में कई सपने और उमंगें थीं। उस समय उनका परिवार बावरिया राज्य में डैन्यूब नदी के किनारे, उल्म नाम के नगर में रहता था। वहीं पर जार्जियाई कैलेंडर के अनुसार 14 मार्च (शुक्रवार), सन 1879 को प्रातः 11:30 बजे पॉलिन ने एक बच्चे को जन्म दिया। पुत्र प्राप्ति की खबर मिलते ही हरमन अपनी पत्नी से मिलने गए। लेकिन अपने पुत्र को देखकर वे चौंक गए क्योंकि नवजात शिशु एकदम बेढंगा था। पतला शरीर, हाथ-पैर छोटे, सिर भारी और बेडौल। अपने प्रथम पुत्र के लिए उनके मन में जो उमंगें थीं, वे इस बच्चे को देखकर शांत हो गईं। पॉलिन ने उन्हें बताया कि जन्म के समय बच्चा रोया भी नहीं है और यह एक अपशकुन है। डॉक्टर ने उन दोनों को आश्वासन देते हुए कहा कि 'समय के साथ सब ठीक हो जाएगा और इस बच्चे का बेढंगा सिर भी सुडौल हो जाएगा।' लेकिन डॉक्टर की यह बात भी हरमन और पॉलिन में उत्साह नहीं भर पाई। दोनों को केवल इतना संतोष था कि उनके घर पुत्र पैदा हुआ है। लेकिन ईश्वर की लीला से तो वे दोनों भी अनभिज्ञ थे। वे नहीं जानते थे कि आगे चलकर यही बेढंगा बच्चा 'विश्व प्रसिद्ध वैज्ञानिक अल्बर्ट आइंस्टाइन' के नाम से प्रसिद्ध होगा।

बिना किसी उत्सव के बच्चे के नामकरण की रस्म निभाई गई और उसका नाम 'अल्बर्ट' रखा गया। अल्बर्ट के जन्म के केवल एक वर्ष में ही उनके पिता को कारोबार में काफी नुकसान सहना पड़ा। जिसके कारण उन्हें उल्म शहर छोड़कर अपने परिवार सहित म्यूनिख (Munich) में आकर रहना पड़ा। म्यूनिख जर्मनी का तीसरा सबसे बड़ा शहर माना जाता है और बावरिया की राजधानी भी। यह व्यापार का एक प्रमुख केंद्र भी था। यहाँ बड़े-बड़े व्यापारी दूर-दराज़ के क्षेत्रों से आकर व्यापारिक गतिविधियों का अंग बनते थे। गगनचुंबी इमारतें, भव्य कैथोलिक चर्च और शहर की चकाचौंध अनायास ही सबका मन मोह लेती थी।

नया शहर, नए लोग, नया वातावरण और ऐसे में एक नई सोच के साथ अपनी ज़िंदगी शुरू करना वास्तव में एक कठिन कदम था। लेकिन

हरमन एक आशावादी इंसान और सद्गुणों से भरपूर व्यक्ति थे। म्यूनिख में उन्होंने एक छोटा सा मकान किराए पर लिया और परिवार सहित वहाँ रहने लगे।

म्यूनिख में बसने के बाद हरमन ने अपने भाई जैकब के साथ मिलकर नया कारोबार शुरू किया। उन्होंने बिजली के उपकरण बनानेवाली 'इलेक्ट्रोटेक्निस्की फैब्रिक जे. आइंस्टाइन एंड कंपनी' (Elektrotechnische Fabrik J. Einstein & Company) नामक एक कंपनी खोली। म्यूनिख शहर में आयोजित होनेवाले 'ओक्टोबरफेस्ट' (Oktoberfest) के मेले में इसी कंपनी ने पहली बार रोशनी का इंतज़ाम किया था।

इसी बीच हरमन के घर दुबारा खुशी का मौका आया और नवंबर 1981 में उनके घर एक बेटी का आगमन हुआ, जिसका नाम माजा रखा गया। बच्ची के जन्म के बाद हरमन कुछ आश्वस्त हुए कि अल्बर्ट को एक साथी मिल गया। अल्बर्ट की तुलना में माजा सामान्य रूप से विकसित हो रही थी। धीरे-धीरे अल्बर्ट माजा के साथ खेलने लगा और टूटी-फूटी भाषा में बात भी करने लगा। इससे हरमन और पॉलिन को बहुत खुशी हुई कि उनका बेटा अब ठीक हो रहा है।

एक दिन नन्हा अल्बर्ट बीमार हो गया। वह सारा दिन बिस्तर पर लेटे-लेटे ऊब जाता। बच्चे का मन बहलाने के लिए हरमन ने बाज़ार से उसे एक कंपास (दिशासूचक यंत्र) लाकर दिया। सुस्त रहनेवाला अल्बर्ट कंपास पाकर खिल उठा। अल्बर्ट ने उसे गौर से देखा। कंपास की सुई सदा एक ही दिशा की ओर रहती थी। यह बात उन्हें और अधिक जिज्ञासु बना देती कि ऐसा क्यों होता है? वह बार-बार उसे यहाँ-वहाँ घुमाता और बारीकी से उसका निरीक्षण करता। धीरे-धीरे उन्हें यह विश्वास होने लगा कि प्रकृति में कोई न कोई अदृश्य शक्ति है, जिसकी दिशा में कंपास की सुई पहुँचती है। बाद के वर्षों में प्रकृति की इसी अदृश्य शक्ति की खोज अल्बर्ट का कार्यक्षेत्र बनी।

पॉलिन को संगीत में रुचि थी इसलिए उन्होंने अपने बेटे अल्बर्ट को वायलिननुमा एक वाद्ययंत्र लाकर दिया। वायलिन पाकर अल्बर्ट और अधिक खुश हुआ। गले में कंपास लटकाकर और बाहों में वायलिन लेकर खेलना अल्बर्ट का पसंदीदा काम हो गया।

अल्बर्ट आइंस्टाइन

2
स्कूली शिक्षा का प्रारंभ

अल्बर्ट को 5 वर्ष की आयु में कैथोलिक स्कूल में भर्ती करवाया गया। उन दिनों ऐसे स्कूलों को जिम्नेजियम (Gymnasium) कहा जाता था। इन स्कूलों की पढ़ाई 10 वर्षों में पूरी हुआ करती थी। स्कूल में अल्बर्ट आम छात्रों से हटकर कुछ न कुछ नया सोचते रहते। साथ ही वे अकसर कल्पना की दुनिया में दूर अंतरिक्ष में चले जाते और वहाँ होनेवाली गतिविधियों के बारे में सोचते। अल्बर्ट को छोटे-छोटे गानों के बोल रचना बहुत भाता था, वे अपने कमरे में उन्हें गुनगुनाते रहते थे।

अल्बर्ट के माता-पिता को ऐसा नहीं लगा कि एक कैथोलिक स्कूल में पढ़ने से उनके बेटे की धार्मिक भावनाओं पर कोई असर पड़ेगा। लेकिन धीरे-धीरे अल्बर्ट के मस्तिष्क में यह बात बैठने लगी कि वे स्वयं एक यहूदी परिवार से संबंध रखते हैं और एक कैथोलिक स्कूल में शिक्षा ग्रहण रहे हैं। अल्बर्ट की कक्षा में 70 बच्चे थे, जिनमें अल्बर्ट अकेले यहूदी थे। लेकिन इससे उनकी शिक्षा में कोई बाधा नहीं आई।

एक दिन कक्षा में एक अध्यापक बच्चों को ईसा मसीह के बारे में बता रहे थे कि उन्हें किस प्रकार सूली पर चढ़ा दिया गया था। अचानक उन्हें ध्यान आया कि उनकी कक्षा में भी अल्बर्ट नामक एक यहूदी छात्र है तो उन्होंने तुरंत अपना विषय बदल दिया। उन्होंने छात्रों को यह नहीं बताया कि ईसा मसीह को सूली पर चढ़ानेवाले लोग भी यहूदी थे। इस घटना के

बाद, कुछ देर के लिए कक्षा का वातावरण भी सहज नहीं रहा।

म्यूनिख में आकर बसने के बाद अल्बर्ट को स्कूल जैसे स्थान से नफरत होने लगी थी। वे स्कूल को एक सैनिक छावनी की तरह मानते थे, जहाँ किसी को भी अपना पसंदीदा कार्य करने की आज़ादी नहीं मिलती। अल्बर्ट का मानना था कि विचारों की आज़ादी सबसे प्रमुख होनी चाहिए। वे कक्षा में अपने अध्यापकों द्वारा कहे गए विचारों को भी मानने को तैयार नहीं होते थे। अध्यापक तो वे सब कहते थे, जो पुस्तकों में लिखा होता था। लेकिन अल्बर्ट का मानना था कि **मनुष्य को किसी विचार को तभी मानना चाहिए जब वह उसकी समझ में आ जाए।**

मानसिक विकलांगता

अल्बर्ट ने अगले 5 वर्षों तक कैथोलिक स्कूल में ही शिक्षा प्राप्त की। उन्होंने अन्य बच्चों की अपेक्षा बहुत देर से बोलना सीखा था। लगभग 9 वर्ष की आयु तक वे शब्दों को ठीक से नहीं बोल पाते थे। उनकी इस कमी से हरमन और पॉलिन बहुत चिंतित थे। वे समझते थे कि शायद उनका बेटा दूसरे बच्चों की तुलना में असामान्य है। लेकिन जब डॉक्टरों द्वारा इसकी जाँच करवाई गई तो पता चला कि अल्बर्ट डिस्लैक्सिया (Dyslexia) नामक रोग से पीड़ित थे। अपनी मंदबुद्धि के कारण उन्हें शब्दों को धारा प्रवाह बोलने में कठिनाई होती थी और इस तरह वे बहुत समय बाद बोलना सीखे। इस बीमारी के कारण उन्हें नए शब्द सीखने और उन्हें पढ़ने में भी काफी समय लगता। इस कारण उनकी स्मरणशक्ति भी कमज़ोर होती गई। कहा जाता है कि वे अपने जूते भी ठीक से पहन नहीं पाते थे। उन्हें अपने घर का पता याद रखने में भी परेशानी होती थी। लेकिन भविष्य में कभी भी उन्होंने अपनी इस शारीरिक कमी को अपने ऊपर हावी नहीं होने दिया।

अल्बर्ट जब 10 वर्ष के हुए तो उनके पिता को अपना कारोबार समेटकर इटली के मिलान (Milan) शहर में जाकर बसना पड़ा। अल्बर्ट अपनी पढ़ाई बीच में नहीं छोड़ सकते थे इसलिए उन्हें म्यूनिख में ही रुकना पड़ा। परिवार से अलग हो जाने पर वे दुःखी थे, किंतु धीरे-धीरे उन्होंने अपने आपको संभाल लिया।

3
सफलता का मूलमंत्र

अल्बर्ट अपनी शारीरिक कमी के कारण स्कूल में बुद्धू किस्म के छात्र माने जाते थे। उन्हें अपने हम उम्र बच्चों के साथ खेल में कोई दिलचस्पी नहीं थी और स्कूल के अनुशासन में रहना बिलकुल भी पसंद नहीं था। लेकिन उनमें एक खास बात यह थी कि घर हो या स्कूल, वे हमेशा अधिक से अधिक सवाल पूछने को तैयार रहते। उनकी जिज्ञासा का कहीं कोई पार नहीं था। कौतूहल ही उन्हें जीवन में आगे बढ़ने की प्रेरणा देता रहा। कई बार तो अल्बर्ट इतने अधिक सवाल पूछते कि सामनेवाला परेशान होकर उनसे पीछा छुड़ाने की कोशिश करने लगता। इस स्वभाव के कारण अल्बर्ट को सप्ताह में दो-तीन दिन कक्षा में खड़ा रहने या कक्षा से बाहर चले जाने की सज़ा अवश्य मिलती थी। इन सज़ाओं से अल्बर्ट के स्वभाव में कोई कमी नहीं आई बल्कि उनके प्रश्न पूछने और तर्क करने की क्षमताओं का विकास ही हुआ। ऐसा इसलिए हुआ क्योंकि अल्बर्ट का ध्यान हमेशा उस पर होता था जो वह चाहता था, न कि लोगों की नकारात्मक बातों पर।

स्कूल के अध्यापक भी उन्हें प्रोत्साहित करने के स्थान पर बुरी तरह फटकार कर, उनसे अपना पीछा छुड़ा लेते। कोई भी अध्यापक उन पर उतना ध्यान नहीं देते थे, जितना कि अन्य छात्रों पर दिया जाता था। सारे अध्यापकों का मानना था कि यह बालक जीवन में कुछ नहीं कर सकता

और न ही आगे बढ़ सकता है। वे चाहते थे कि अल्बर्ट स्कूल छोड़कर चला जाए।

अल्बर्ट के सारे प्राध्यापक उसके बारे में नकारात्मक विचार सोच रहे थे। लेकिन अल्बर्ट ने कभी भी उनके नकारात्मक विचारों का असर अपने आप पर नहीं होने दिया। कुदरत का नियम कहता है, **'एक इंसान के विचारों का असर दूसरे पर तब तक नहीं होता, जब तक वह उसे होने नहीं देता।'** जो इंसान इस नियम पर विश्वास रखकर जीवन में आगे बढ़ता है, वह नकारात्मक लोगों के साथ रहने के बावजूद भी परेशान नहीं होता। अल्बर्ट भी अपने प्राध्यापकों की बातों से कभी निराश या विचलित नहीं हुए।

एक दिन स्कूल के प्रिंसिपल ने भी उन्हें बुलाकर कहा, 'देखो अल्बर्ट, यहाँ का मौसम तुम्हारे लिए सही नहीं है। अतः तुम्हें एक लंबी छुट्टी की ज़रूरत है। तुम कल से स्कूल मत आना और तबीयत ठीक हो जाने पर किसी दूसरे स्कूल में दाखिला ले लेना।'

यह सुनकर अल्बर्ट ने उनसे केवल एक ही प्रश्न किया। उन्होंने प्रिंसिपल से पूछा, 'सर! मैं अपनी बुद्धि का विकास कैसे कर सकता हूँ?'

प्रिंसिपल ने जवाब दिया, 'देखो अल्बर्ट, अभ्यास ही सफलता का मूलमंत्र होता है। जितना अधिक अभ्यास करोगे, उतना ही आगे बढ़ते जाओगे।'

बस फिर क्या था! अल्बर्ट ने सफलता के इस मूलमंत्र को गाँठ बाँध लिया और निश्चय किया कि एक दिन वह भी अपने अभ्यास के बल पर आगे बढ़कर दिखाएगा। अपने निश्चय के अनुसार उन्होंने निरंतरता से पढ़ाई की और वैज्ञानिक जगत में उनका नाम सुनहरे अक्षरों में लिखा गया। जीवन के आखिरी क्षण तक वे वैज्ञानिक जगत में निरंतरता से शोध कार्य करते रहे। निरंतरता का गुण उनमें कूट-कूटकर भरा हुआ था।

आज तक यही देखा गया है कि लोगों को कोई भी काम निरंतरता

से करना बड़ा कठिन लगता है। शुरुआत में बड़े ज़ोर-शोर के साथ कार्य होते हैं लेकिन कुछ दिनों के बाद सारा जोश ठंडा पड़ जाता है। लोग यह सोचकर कि इससे कोई फायदा नहीं होनेवाला, कार्य को बीच में ही छोड़ देते हैं। लेकिन अल्बर्ट आइंस्टाइन ने अपने हर शोध कार्य को पूरा किया। असल में इंसान के मन की प्रोग्रामिंग इतनी गहरी हो चुकी है कि उसे निरंतरता का गुण खुद में लाना असंभव सा लगता है। अल्बर्ट आइंस्टाइन के भीतर निरंतरता का गुण बचपन से ही पनपने लगा था। क्या आप जानते हैं कि **निरंतरता ही सफलता की कुंजी है?** यह निरंतरता का नियम है। इस नियम के अनुसार,

- हर दिन या हर हफ्ते में तीन बार व्यायाम करनेवाला स्वास्थ्य प्राप्त करता है।

- हर दिन थोड़ी ही क्यों न सही पढ़ाई करनेवाला विद्यार्थी परीक्षा में अद्भुत सफलता प्राप्त करता है।

- हर दिन मनन करनेवाला इंसान जीवन के सारे रहस्य जान जाता है।

- हर दिन मेहनत करनेवाला इंसान अपार धन प्राप्त करता है।

- हर दिन चाहे थोड़ा सा क्यों न हो अभ्यास करनेवाला विद्यार्थी विश्व कीर्तिमान स्थापित करता है।

अल्बर्ट आइंस्टाइन ने कभी भी लोगों की नकारात्मक बातों पर अपना ध्यान केंद्रित नहीं किया। उनका ध्यान हमेशा अपने जीवन के लक्ष्य पर होता था, जिसे पाने के लिए उन्होंने जीवनभर निरंतरता से कार्य किया।

कहते हैं कि नवजात शिशु के पाँव पालने में ही दिख जाते हैं लेकिन बहुत कम लोग ऐसे होते हैं, जिनके पाँव पालने में नहीं दिखते और किसी न किसी कमी से ग्रस्त होने के बावजूद वे अपनी जिज्ञासा की वजह से दुनिया की जानी मानी हस्ती बन जाते हैं। अल्बर्ट की भी जिज्ञासु प्रवृत्ति ने उसे एक महान वैज्ञानिक बना दिया।

4
अल्बर्ट की पसंदीदा बातें

अल्बर्ट बचपन से ही शांत और शर्मीले स्वभाव के थे। उन्हें घर से बाहर निकलकर अपने आस-पड़ोस के बच्चों के साथ खेलने में कोई रुचि नहीं होती थी। साथ ही उनके मित्र भी बहुत कम थे। लेकिन अल्बर्ट को बचपन से ही वायलिन बजाना पसंद था। उन्होंने अपनी आरंभिक शिक्षा के दौरान ही वायलिन बजाना सीख लिया था। यह शिक्षा उन्होंने अपनी माँ पॉलिन से पाई थी। पॉलिन स्वयं भी बहुत अच्छा वायलिन बजाती थीं। वे अल्बर्ट को रोज़ाना घर में इसका अभ्यास करातीं, जिससे पूरे घर के वातावरण में संगीत गूँजता रहता था। पॉलिन भी चाहती थीं कि उसके बच्चे संगीत में रुचि लें। उनका मानना था कि संगीत भी अन्य शिक्षाओं की तरह जीवन का एक महत्वपूर्ण अंग होता है, जो जीवन को शांति और नवीनता प्रदान करता है। अल्बर्ट जब भी संगीत का अभ्यास करते तो पॉलिन उन्हें देखकर खुश होतीं। धीरे-धीरे संगीत भी अल्बर्ट की ज़िंदगी का हिस्सा बनता गया। थोड़ा और बड़ा होने पर अल्बर्ट को बाइबिल के एक विद्वान चरित्र सुलेमान (Solomon)✲ ने बहुत प्रभावित किया। चूँकि बाइबिल ईसाइयों और यहूदियों का पवित्र ग्रंथ है, अतः अल्बर्ट को इसे पढ़ने में रस आने लगा। उन्होंने सुलेमान की रचनाएँ पढ़नी आरंभ कर दीं और उन्हें संगीतबद्ध भी किया।

✲यहूदियों का सबसे प्रतापी राजा

वे खेल-कूद में बिलकुल भी भाग नहीं लेते थे। हालाँकि वे पढ़ाई में कमज़ोर थे लेकिन परीक्षा में सदा अच्छी श्रेणी में उत्तीर्ण होते रहे। म्यूनिख में बसने के बाद से अल्बर्ट सड़कों पर सेना की परेड देखा करते थे। उन्हें परेड करते सिपाहियों को देखकर रोना आता था और उन पर दया भी आती थी। वे उन्हें देखकर अपने पिता से कहते कि 'मैं बड़ा होकर कभी सिपाही नहीं बनूँगा। मुझे इन्हें देखकर दया आती है और ऐसा लगता है कि ये कभी आज़ाद नहीं हो सकते। ये सब एक मशीन की तरह काम करते हैं।'

अल्बर्ट पैरों में जुराबें भी नहीं पहनते थे। उनका कहना था कि पैर के अंगूठों के कारण उनकी जुराबें फट जाती हैं इसलिए उन्होंने पैरों में जुराबे पहनना छोड़ दिया और आजीवन बिना जुराबों के ही जूते पहनते आए। बड़े हो जाने पर भी वे जब कभी कुछ विशेष व्यक्तियों से मिलने जाते तो उस समय भी उनके पैरों में जुराबें नहीं होती थीं। उन्होंने अपने जीवन के लिए हर छोटी-बड़ी बात को खुद चुना और उसे अपने अनुसार निभाते रहे।

5
अल्बर्ट का मित्र मैक्स टेलमुड

एक बार अल्बर्ट की कक्षा के एक सहपाठी ने एक पत्र लिखकर अल्बर्ट से कहा कि वह गणित की पढ़ाई को लेकर कुछ परेशान है तो अल्बर्ट ने तुरंत उससे संबंधित कुछ चित्र बनाकर अपने सहपाठी को भेज दिए। अल्बर्ट ने उसे पत्र लिखा और जवाब दिया, 'मित्र, तुम अपनी पढ़ाई में गणित की कठिनाइयों के बारे में सोचकर चिंतित मत हो। मैं तुम्हें यकीन दिलाता हूँ कि मेरी कठिनाइयाँ तुम्हारी कठिनाइयों से कहीं बड़ी हैं।'

स्कूल में अल्बर्ट को कई बार यहूदी होने का कष्ट झेलना पड़ता था। अकसर उन्हें स्कूल आते-जाते समय कुछ ईसाई लड़के परेशान किया करते और चिढ़ाते थे। वे बदमाश किस्म के लड़के थे, जो अल्बर्ट का मज़ाक उड़ाया करते थे। वैसे भी उन दिनों जर्मनी में ईसाइयों का दबदबा अधिक था, जिसके कारण यहूदियों को उनसे कई प्रकार की परेशानियों का सामना करना पड़ता। लड़कों द्वारा परेशान करने के कारण अल्बर्ट अकेले रहने लगे और इस अलगाव की भावना ने उनके मन पर बहुत असर किया। ऐसे में मैक्स टेलमुड (Max Talmud) नाम के एक विद्यार्थी ने अल्बर्ट के जीवन में आकर एक महत्वपूर्ण भूमिका निभाई। मैक्स भी यहूदी था और धीरे-धीरे अल्बर्ट से उसकी मित्रता गहरी होती चली गई। कहते हैं कि अल्बर्ट की सफलता में मैक्स का योगदान कभी

भुलाया नहीं जा सकता।

उन दिनों यहूदियों के संप्रदाय में, सप्ताह में एक दिन किसी गरीब यहूदी को अपने घर खाने पर बुलाने का प्रचलन था। उन्हें यह कार्य 6 वर्ष तक सुचारू रूप से करना होता था। यह प्रथा वहाँ के अनेक यहूदी परिवार निभाते थे। अल्बर्ट का परिवार भी इस परंपरा का पालन करता था। मेहमान के तौर पर हर गुरुवार मैक्स को अल्बर्ट के घर खाने पर बुलाया जाता था। मैक्स चिकित्साशास्त्र का छात्र था और अल्बर्ट से उम्र में काफी बड़ा था। वह अकसर अल्बर्ट को विज्ञान की विभिन्न प्रकार की पुस्तकें लाकर देता, जिन्हें देखकर अल्बर्ट खुशी से फूला न समाता। उसने अल्बर्ट को आरॉन बर्नस्टाइन (Aaron Bernstein) जैसे विद्वान की कुछ पुस्तकें भी दीं। अल्बर्ट को पुस्तकों से बहुत लगाव था और मैक्स की दी हुई पुस्तकें उसे और अधिक उत्साह व प्रेरणा देतीं।

धीरे-धीरे मैक्स व अल्बर्ट की मित्रता बढ़ती गई और अब अल्बर्ट मैक्स से न केवल पुस्तकें लेकर पढ़ता बल्कि उनके विषय में मैक्स से कई सवाल-जवाब भी करता। उनमें अकसर तर्क-वितर्क होता और कई विषयों पर विचार-विमर्श होता। इससे अल्बर्ट को सबसे बड़ा फायदा यह हुआ कि उसका दिमाग और अधिक विकसित होता गया।

एक दिन अल्बर्ट ने मैक्स से पूछा, 'मैक्स! यह दर्शन शास्त्र क्या होता है? ब्रह्माण्ड क्या है? मुझे इनके बारे में विस्तार से बताओ।'

मैक्स ने जवाब दिया, 'देखो अल्बर्ट! दर्शन शास्त्र का संबंध जीवन और ब्रह्माण्ड का अध्ययन करने से है। हमारे रोज़मर्रा के जीवन में हो रही गतिविधियों का संबंध कहीं न कहीं ब्रह्माण्ड से होता है। यदि तुम रात में आकाश की ओर देखते हो तो तुम्हें दूर-दूर तक तारे ही तारे दिखाई देते हैं। दरअसल यही आसमान ब्रह्माण्ड का एक छोटा सा रूप है। पूरा ब्रह्माण्ड हमें दिखाई नहीं देता क्योंकि यह इतना विशाल है कि हमारी निगाहें वहाँ तक नहीं पहुँच सकतीं। जिस प्रकार ब्रह्माण्ड की कोई निश्चित दूरी नहीं है, उसी प्रकार समय भी हर किसी के लिए एक ही पैमाने पर नहीं चलता। एक तेज़ी से चल रही वस्तु उसकी गति की दिशा

में किसी धीरे से चल रही वस्तु के मुकाबले में थोड़ी छोटी दिखाई देती है। वैसे यह असर बहुत सूक्ष्म होता है। लेकिन जब तक वह वस्तु प्रकाश की गति के करीब नहीं पहुँच पाती तब तक यह घटना दिखाई नहीं देती।'

धीरे-धीरे ब्रह्माण्ड को लेकर अल्बर्ट के मन में सैकड़ों प्रश्न उभरते चले गए। उनकी मैक्स के साथ चर्चा के विषय भी यही रहते - अंतरिक्ष रहस्य, ब्रह्माण्ड की संरचना तथा कभी-कभी तो वे डार्विन और न्यूटन के सिद्धांतों पर भी चर्चा करते। मैक्स भी पूरी तन्मयता के साथ अल्बर्ट का मार्गदर्शन करता था। अल्बर्ट ने मैक्स की मदद से विभिन्न मॉडल और यांत्रिक उपकरणों का निर्माण भी किया और अपनी प्रतिभा दिखानी शुरू कर दी।

आगे चलकर मैक्स ने अल्बर्ट के बचपन में किए गए कार्य को 'येशिवा यूनिवर्सिटी' (Yeshiva University) द्वारा निर्मित 'स्क्रिप्टा मैथेमैटिका' (Scripta Mathematica) नामक त्रैमासिक पत्रिका में प्रकाशित करवाया। कहा जाता है कि यह पत्रिका उन दिनों गणित की एकमात्र पत्रिका थी, जिसका संकलन कई विशेषज्ञ मिलकर करते थे। इसका वार्षिक मूल्य ३ डॉलर था। यही नहीं, मैक्स ने अल्बर्ट के सापेक्षता सिद्धांत को भी प्रकाशित करने में एक महत्वपूर्ण भूमिका निभाई।

अल्बर्ट आइंस्टाइन

खण्ड २
युवा जीवन में कदम

6
आराउ का कैंटोनल स्कूल

अल्बर्ट धीरे-धीरे युवावस्था में कदम रख रहे थे। उनके पिता का सपना था कि अल्बर्ट एक इलेक्ट्रिकल इंजीनियर बनें। अल्बर्ट भी हमेशा यांत्रिक नमूने बनाने तथा उनसे जुड़े विषयों पर शोध करते। लेकिन उन्होंने अपने भविष्य के लिए कुछ और ही सोच रखा था।

सन 1894 के दिसंबर माह में एक बार फिर से उनके परिवार को इटली के पाविया (Pavia) शहर में स्थानांतरित होना पड़ा। उन्होंने वहाँ जाकर नए सिरे से अपना जीवन आरंभ किया और एक छोटे से कारखाने की स्थापना की। उन्होंने वहाँ बिजली की मोटर और कुछ अन्य सामान बनाना शुरू कर दिया। अल्बर्ट ने अपनी पढ़ाई पूरी की और बाद में अपने परिवार के साथ आकर रहने लगे। इसी दौरान उन्होंने स्वयं के रचनात्मक विचारों को एक डायरी में लिखना शुरू कर दिया। उनकी जन्मजात प्रतिभा का संकेत तब मिला जब उन्होंने मात्र 15 वर्ष की आयु में 'ऑन द इन्वेस्टिगेशन ऑफ द स्टेट ऑफ द ईथर इन ए मैग्नेटिक फील्ड' (On the Investigation of the State of the Ether in a Magnetic Field) नामक शीर्षक पर निबंध लिखा और उस पर खोज भी की। इस कार्य के लिए उन्हें सम्मानित किया गया और सभी से बहुत सराहना भी मिली।

1895 में अल्बर्ट ने ज्यूरिक (Zurich) के स्विस फेडरल इंस्टीट्यूट ऑफ टेक्नॉलोजी (Swiss Federal Institute of Technology) में

दाखिले के लिए परीक्षा दी। परीक्षा में उन्होंने गणित और भौतिकी विषयों में तो अच्छे अंक प्राप्त किए किंतु अन्य विषयों में अच्छे अंक न ले पाने के कारण उन्हें दाखिला नहीं मिल सका। उसी इंस्टीट्यूट के अध्यापक एलबिन हेरजोग (Albin Herzog) की सलाह पर उन्होंने आराउ (Aarau) के आरगाउ कैंटोनल स्कूल (Aargau Cantonal School) में दाखिला ले लिया। अल्बर्ट वहाँ उसी स्कूल के एक अध्यापक प्रोफेसर योस्ट विंटेलेर (Professor Jost Winteler) के परिवार के साथ रहते थे। उस प्रोफेसर के बच्चे भी अल्बर्ट की ही आयु के थे। उनके साथ रहकर अल्बर्ट को अपनापन मिलने लगा। सभी बच्चे एक साथ खेलते, पढ़ाई करते, पहाड़ियों पर दूर-दूर तक घूमने चले जाते।

आराउ के स्कूल का वातावरण अत्यंत खुला था और स्कूल में हर विद्यार्थी पर ध्यान दिया जाता था। हर विद्यार्थी को कोई भी प्रश्न पूछने और अपने विचार प्रकट करने का पूरा अधिकार था। वहाँ पर विद्यार्थियों को संबंधित पाठ पर अपनी राय देने के लिए भी प्रेरित किया जाता था। अल्बर्ट शुरू से ही चाहते थे कि स्कूल में विद्यार्थियों के विचारों का आदर करना चाहिए। इस स्कूल में उन्हें विद्यार्थियों के हित का माहौल मिला। स्कूल के सारे अध्यापक अल्बर्ट को पसंद आते थे क्योंकि वे स्कूल में किसी प्रकार का कोई दिखावा नहीं करते थे और कभी भय का वातावरण भी पैदा नहीं करते थे। इस स्कूल में विद्यार्थियों को मिलनेवाली आज़ादी अल्बर्ट को बहुत पसंद आई। उन्होंने आगे का एक वर्ष उसी स्कूल में गुज़ारा। अल्बर्ट ने इस स्कूल की परीक्षा में पदार्थ और गति के भौतिक विज्ञान में सर्वोच्च अंक प्राप्त किए।

7

ज़्यूरिक का पॉलिटेक्निक इंस्टीट्यूट

माता-पिता के सपने को साकार करने के लिए अल्बर्ट को अपनी पढ़ाई जारी रखनी थी। उनके पिता ने उन्हें साफ तौर पर यह कह दिया था कि वे अपना दार्शनिक स्वभाव छोड़कर विद्युत इंजीनियर बनने की दिशा में मन लगाएँ। अत: उनका जर्मनी वापस लौटना संभव नहीं था। अंतत: आराउ स्कूल की पढ़ाई समाप्त करके अल्बर्ट ने सन 1896 में ज़्यूरिक के फेडेरल पॉलिटेक्निक इंस्टीट्यूट (Federal Polytechnic Institute) में दाखिला ले लिया। इस बार उन्हें दाखिला मिलने में कोई कठिनाई नहीं हुई। यहाँ उन्हें अगले चार वर्ष तक पढ़ाई करनी थी।

उस समय ज़्यूरिक पॉलिटेक्निक प्रमुखतः टीचर्स ट्रेनिंग और टेक्निकल विषयों का कॉलेज था। यहाँ पर अल्बर्ट ने भौतिकी और गणित के प्राध्यापक का प्रशिक्षण देनेवाली कक्षा में प्रवेश लिया। ज़्यूरिक का वातावरण म्यूनिख से बिलकुल भिन्न था। ज़्यूरिक की गिनती यूरोप के बड़े शहरों में की जाती थी। इस पॉलिटेक्निक इंस्टीट्यूट को आज भी विश्व के उच्चतम शिक्षा संस्थानों में गिना जाता है। अब तक इस इंस्टीट्यूट के 21 विद्यार्थियों तथा प्राध्यापकों को नोबेल पुरस्कार प्रदान किया जा चुका है, जिनमें अल्बर्ट आइंस्टाइन तथा नील्स बोहर (Neils Bohr) भी शामिल हैं।

इस पॉलिटेक्निक इंस्टीट्यूट में अधिकतर विदेशी बच्चे पढ़ाई के

लिए आते थे। यहाँ अल्बर्ट की मुलाकात मार्सेल ग्रॉसमन (Marcel Grossmann) तथा जैकब एहरात (Jakob Ehrat) से हुई। वे आपस में अच्छे मित्र बन गए और अपना अधितकर समय एक साथ बिताने लगे। अल्बर्ट और एहरात कक्षा में इकट्ठे बैठते थे तथा अपने विषयों के बारे में विचार-विमर्श किया करते थे। अल्बर्ट कभी-कभी एहरात के घर भी जाते थे। एहरात की माँ को भी वे बहुत अच्छे लगते थे। वे उन्हें अपने पुत्र की तरह स्नेह देतीं।

अल्बर्ट के परिवार की आर्थिक स्थिति कमज़ोर होने के कारण उन्हें कई जगह समझौता करना पड़ता था। इससे उन्हें कभी-कभी कठिनाइयों का सामना भी करना पड़ता। लेकिन लगन के पक्के अल्बर्ट को यह समस्या कभी निराश न कर सकी। पॉलिटेक्निक में पढ़ाई के दौरान वे कभी भी मौज-मस्ती के लिए अपने ऊपर फालतू खर्च नहीं करते थे। उन्होंने अपने बहुत से निजी खर्चे भी कम कर रखे थे, जिसके कारण उनके स्वभाव में भी सादगी दिखाई देती थी।

एक दिन जब कक्षा समाप्त हुई तो उन्होंने देखा कि बाहर बहुत ज़ोर से बरसात हो रही थी। उनके पास छाता नहीं था। अतः वे बरसात में ही अपने हैट को कोट के अंदर अपनी बगल में दबाकर घर की ओर चल दिए। छाता न होने के कारण उनके कपड़े भी भीगने लगे। रास्ते में एक व्यक्ति ने उनसे कहा, 'अरे भाई! इतनी ज़ोर से बरसात हो रही है। आपने अपना हैट क्यों कोट में दबा रखा है? उसे सिर पर पहन लो तो तुम भीगने से बच जाओगे।'

अल्बर्ट ने सज्जनता से जवाब दिया, 'देखिए जनाब। मैं बरसात में ज़रूर भीग रहा हूँ लेकिन यदि मैंने हैट पहन लिया तो यह भी भीग जाएगा। मेरा क्या है, मेरे कपड़े तो बाद में सूख जाएँगे लेकिन यदि यह हैट गीला हुआ तो खराब हो जाएगा और मेरे पास इसे ठीक करवाने के लिए न तो पैसे हैं और न ही समय।' इतना कहकर वे अपने घर को चल दिए और वह व्यक्ति उन्हें दूर तक जाता देखता रहा।

उनका यह व्यवहार इस बात का उदाहरण है कि आज अधिकांश लोग

अपनी कृत्रिम सुख-सुविधाओं तथा भौतिक आवश्यकताओं पर अधिक ध्यान देते हैं। यदि वे चाहें तो देश अथवा समाज के लिए त्याग कर, सीमित से सीमित साधनों में भी गुज़ारा करके अपने जीवन में कोई महान कार्य कर सकते हैं।

इन चार वर्षों में अल्बर्ट ने भौतिकी क्षेत्र में अनेक जानकारियाँ प्राप्त कीं तथा उनसे जुड़े कई पहलुओं पर अपने विचार भी प्रस्तुत किए। उन्होंने 'यांत्रिका ग्रंथ अन्सर्ट मैक' (Ernst Mach) भी पढ़ा, जिससे वे काफी प्रभावित हुए। लेकिन बाद में उन्होंने इसकी मान्यताओं व धारणाओं को मानने से इनकार कर दिया और स्वयं ही अपना मार्ग प्रशस्त करने में लगे रहे। ज़्यूरिक पॉलिटेक्निक में एक से एक विद्वान अध्यापक थे। वहाँ की शिक्षा का स्तर भी काफी अच्छा था। लेकिन कई अध्यापकों के मन में यह बात बैठ चुकी थी कि अल्बर्ट अपनी ही धुन में खोनेवाला लड़का है और यह ज़िंदगी में कुछ नहीं कर सकता। अल्बर्ट अध्यापकों से अलग-अलग तरह के विषयों पर प्रश्न पूछते रहते, जिससे अध्यापक परेशान हो जाते।

अध्यापकों में हरमन मिनकोव्स्की तथा एडोल्फ हुरविट्ज़ जैसे व्यक्ति प्रमुख थे, जो गणित के क्षेत्र में उच्च स्थान रखते थे। किंतु अल्बर्ट हमेशा मार्सेल के नोट्स पर अधिक ध्यान देते थे। उन दिनों अल्बर्ट नियमित रूप से अपनी कक्षाओं में जा नहीं पाते थे। लेकिन मार्सेल नियमित रूप से प्रत्येक कक्षा में जाते और पाठ्यक्रम को ध्यान से सुनते व अध्यापकों द्वारा पढ़ाए गए पाठ के नोट्स भी बनाते। मार्सेल की सहायता से अल्बर्ट भी अपनी तैयारी करते। वे मार्सेल से नोट्स कॉपी करते और उन्हें देखकर अपनी पढ़ाई करते। इस प्रकार अपने सहपाठी की सहायता से वे परीक्षा पास करते।

ज़्यूरिक के पॉलिटेक्निक में हंगरी नामक शहर की एक लड़की भी पढ़ा करती थी, जिसका नाम मिलेवा मारिश (Mileva Maric) था। वह भी मार्सेल और एहरात की तरह अल्बर्ट के मित्रों में से एक थी। इसी लड़की से अल्बर्ट ने बाद में विवाह किया था।

प्राध्यापक हर्मन मिनकोव्स्की ने यह जान लिया था कि अल्बर्ट

आइंस्टाइन सभी छात्रों में सबसे अलग छात्र हैं। अल्बर्ट की गणित के प्रति लगन और उनके आश्चर्यजनक सवालों को देखते हुए धीरे-धीरे प्राध्यापक हर्मन मिनकोव्स्की का लगाव आइंस्टाइन की ओर बढ़ता गया और एक समय वह भी आया जब उन्होंने आइंस्टाइन द्वारा बनाए गए सापेक्षता के सिद्धांत की नींव तैयार की। मिनकोव्स्की ने यह जान लिया कि आइंस्टाइन के सापेक्षता सिद्धांत को यदि एक सही दिशा दी जाए तो यह अच्छी तरह से सराहा जा सकता है।

आइंस्टाइन के सापेक्षता सिद्धांत को मिनकोव्स्की ने अपनी गणितीय संरचना और ज्यमितीय फार्मूलों के द्वारा अध्ययन किया। उनके गणितीय विचारों और तकनीकों ने आइंस्टाइन के सिद्धांत की रचना करने में अत्यंत महत्वपूर्ण भूमिका निभाई। यही वह समय था जब आइंस्टाइन ने अपनी कुशाग्र बुद्धि का परिचय देते हुए वहाँ के अध्यापकों के मन में एक ऐसा स्थान बनाया कि हर कोई उनकी कुशलता का लोहा मानने लगा। मिनकोव्स्की आइंस्टाइन की आर्थिक स्थिति को अच्छी तरह से जानते थे इसलिए वे समय-समय पर उनकी आर्थिक मदद भी किया करते थे। बचपन में अकसर अल्बर्ट के माता-पिता उन्हें शिक्षा दिया करते कि 'ईश्वर एक ऐसी अज्ञात शक्ति है, जो संकट के समय याद करने और विश्वास करनेवालों की अदृश्य रूप से सहायता करता है।'

वे अपने माता-पिता की इन बातों को याद रखते और सदा अपना मनोबल ऊँचा बनाए रखते। माता-पिता की शिक्षा और मार्गदर्शक द्वारा दिया हुआ सफलता मंत्र पाकर अल्बर्ट आइंस्टाइन सदा प्रतिकूल परिस्थितियों में भी आगे बढ़ते रहते।

ज़्यूरिक की पढ़ाई ने अल्बर्ट के सिद्धांतों को एक नई दिशा प्रदान की। अल्बर्ट स्वयं ही अपनी प्रेरणाएँ खोजते और आगे आनेवाली परेशानियों का हल निकालने के लिए सदा अपने आपको तैयार रखते। वे अपने सिद्धांतों के साथ स्वयं को जनता के सामने लाने की हिम्मत जुटा रहे थे। सन 1900 में उन्होंने चार वर्ष की पढ़ाई समाप्त की। वे अच्छे नंबरों से उत्तीर्ण हुए। उनके साथ मार्सेल को भी अच्छे अंक मिले। उस

पॉलिटेक्निक इंस्टीट्यूट में यह रिवाज़ था कि जो विद्यार्थी अच्छे अंक प्रात करे, उसे उसी पॉलिटेक्निक में सहायक अध्यापक के पद पर नौकरी दे दी जाती थी। अल्बर्ट के मित्र मार्सेल और एहरात को अच्छे अंक मिले थे, अतः उन्हें वहीं एक सहायक अध्यापक के पद पर नौकरी मिल गई। लेकिन अल्बर्ट को वहाँ कोई नौकरी नहीं मिल सकी। वे जानते थे कि इसका कारण उनके कुछ अध्यापकों की नाराज़गी है लेकिन वे निराश नहीं हुए। उन्हें स्वयं पर पूरा भरोसा था कि आज नहीं तो कल, कहीं न कहीं उन्हें उनके लायक कोई काम तो अवश्य मिल जाएगा। इसी विश्वास के साथ वे निरंतर अपने प्रयास करते रहे।

अल्बर्ट आइंस्टाइन

खण्ड ३
वैवाहिक जीवन और शोध कार्य

8

पेटंट कार्यालय में पहली नौकरी

ज़्यूरिक पॉलिटेक्निक इंस्टीट्यूट की परीक्षा पास करने के बाद अल्बर्ट के मित्र मार्सेल को ज़्यूरिक पॉलिटेक्निक में ही गणित के सहायक अध्यापक के पद पर एक छोटी सी नौकरी मिल गई थी। कुछ समय पश्चात पॉलिटेक्निक ने पदोन्नति देकर उन्हें ज्यामिति विभाग भी दिया। लेकिन इस दौरान अल्बर्ट को कोई विशेष नौकरी न मिल सकी। इसका कारण वेबेर नाम का एक अध्यापक था। नौकरी मिलने तक उन्होंने ज़्यूरिक में ही रहकर कई छोटे संस्थानों में कार्य किया। लेकिन वे अपने लायक कोई ऐसा कार्य न खोज सके, जिससे वे संतुष्ट हो पाते। उन्होंने ज़्यूरिक की शासकीय वेधशाला, विंटरथुर स्कूल (Winterthur School), शाफहाउसेन स्कूल (Schaffhausen school) जैसे कई संस्थानों में नौकरी की और वहाँ से अलविदा लेते गए। वे अपने बनाए तरीकों से युवा पीढ़ी को ज्ञान बाँटना चाहते थे किंतु लोग उनके सिद्धांतों और तकनीकों का विरोध करते थे।

अल्बर्ट के पिता हरमन आइंस्टाइन अपने पुत्र के बेरोज़गार होने से बहुत चिंतित रहने लगे। वे भी अपनी ओर से जहाँ कोशिश कर सकते थे, वहाँ अल्बर्ट की नौकरी की बात करते। इसी दौरान अल्बर्ट ने सन् 1901 में अपना प्रथम वैज्ञानिक शोध निबंध एक पत्रिका में प्रकाशित करवाया। उन्होंने इसे 'काँच की पतली नलिकाओं में द्रवों

की केशिक-क्रिया' का नाम दिया। उन्होंने इस शोध की एक-एक कॉपी फ्रेडरिक विलहेल्म ओस्टवाल्ड (Friedrich Wilhelm Ostwald) को तथा लाइडेन विश्वविद्यालय (Leiden University) के भौतिकवेत्ता हाइके कामेरलिंघ-अन्नेस (Heike Kamerlingh Onnes) को भेजी। फ्रेडरिक विल्हेल्म ओस्टवाल्ड एक रसायनशास्त्री थे और उन्हें आधुनिक रसायनशास्त्र का जन्मदाता माना जाता है। अपने शोध निबंध के साथ लिखे एक पत्र में अल्बर्ट ने स्पष्ट किया :

'मि. ओस्टवाल्ड! मैंने आपके द्वारा लिखित रसायन की पुस्तक पढ़ी है। इसे पढ़कर मैं आपसे अत्यंत प्रभावित हुआ हूँ। मैंने 'काँच की पतली नलिकाओं में द्रवों की केशिक-क्रिया' नामक एक शोध निबंध लिखा है। मैं आपकी सेवा में अपने शोध निबंध की एक कॉपी भेज रहा हूँ। मैं आपसे निवेदन करता हूँ कि यदि आपकी प्रयोगशाला में गणित-भौतिकवेत्ता के पद के लिए कोई रिक्त स्थान हो तो मुझे आपके साथ कार्य करने का अवसर प्रदान कीजिए। अभी तक मेरे पास कोई नौकरी नहीं है और मैं बेरोज़गार हूँ।'

ओस्टवाल्ड की ओर से कोई जवाब न मिलने पर अल्बर्ट ने उन्हें एक पत्र और लिखा था। उस पत्र में भी इसी बात का ज़िक्र किया गया था। लेकिन ओस्टवाल्ड की ओर से इसका भी कोई जवाब नहीं आया। ऐसा ही एक पत्र जवाबी पोस्टकार्ड के साथ लाइडेन विश्वविद्यालय को भी भेजा गया था किंतु उनकी ओर से भी उन्हें कोई जवाब नहीं मिला।

लेकिन समय की धारा किस ओर बह जाए, कहा नहीं जा सकता। इस घटना के लगभग 20 वर्ष बाद अल्बर्ट को लाइडेन विश्वविद्यालय में बतौर 'अतिथि अध्यापक' का सम्मानजनक पद मिला। यही नहीं, उनका जवाबी पोस्टकार्ड आज भी लाइडेन संग्रहालय में विज्ञान के इतिहास विभाग में एक कीमती विरासत के रूप में रखा गया है। आनेवाले समय में ओस्टवाल्ड जैसे व्यक्ति ने ही सबसे पहले अल्बर्ट को नोबेल पुरस्कार के लिए नामित किया था।

इसी प्रकार नौकरी पाने के लिए अल्बर्ट अनेक संस्थानों में आवेदन

भेजते रहे। अंतत: वे अपने मित्र मार्सेल से मिले। मार्सेल की सहायता से अल्बर्ट को स्विट्ज़रलैंड की राजधानी बर्न (Bern) में स्थित एक पेटेंट कार्यालय में नौकरी मिल गई। यह एक अस्थायी नौकरी थी।

बर्न स्थित पेटेंट कार्यालय में अल्बर्ट का कार्यकाल 7 वर्ष रहा। यह कार्यालय बौद्धिक संपदा से संबंध रखता था, जहाँ तकनीकी आविष्कारों के विवरण दर्ज किए जाते थे। उदाहरण के लिए यदि किसी व्यक्ति, इंजीनियर अथवा वैज्ञानिक ने किसी भी प्रकार की कोई नई मशीन, नया हथियार, कोई पुर्जा, रासायनिक मिश्रण या कोई इंजन बनाया हो तो उसे इस कार्यालय में उसका नमूना या मॉडल जमा करवाना होता था। साथ ही उससे संबंधित तकनीकी जानकारी या उससे जुड़े शोध संबंधी दस्तावेज़ भी इस कार्यालय में जमा करवाने होते थे। पेटेंट कार्यालय द्वारा हर आविष्कार का निरीक्षण किया जाता, उन्हें सच्चाई से परखा जाता, उनकी संक्षिप्त रिपोर्ट तैयार की जाती तथा अंत में सर्टिफिकेट जारी करके आविष्कारक को उसके स्वामित्व का प्रमाण पत्र दिया जाता था।

अल्बर्ट जब नौकरी करने बर्न आए तो उनके पास इतने रुपए भी नहीं थे कि वे पहला वेतन मिलने तक अपना गुज़ारा कर सकें। अत: उन्होंने कुछ ट्यूशन लेनी शुरू कर दी। ऐसे में उनका जीवन बहुत व्यस्त हो गया। दिन का समय वे कार्यालय में बिताते और सायंकाल में ट्यूशन के लिए जाते। पेटेंट कार्यालय द्वारा उन्हें तीसरी श्रेणी के तकनीकी विशेषज्ञ का पद दिया गया। यह नौकरी उनके जीवन का एक महत्वपूर्ण हिस्सा रही, जिसके अंतर्गत उन्होंने अपने महान सैद्धांतिक आविष्कारों की रचना की तथा ऊँचाई की बुलंदियों को छुआ। अपने लिखे एक पत्र के अनुसार वे कहते हैं :

इस पेटेंट कार्यालय में नौकरी करना मेरे लिए अत्यंत लाभदायक रहा। लोगों द्वारा जमा करवाए गए पेटेंटों का विवरण तैयार करने से मुझे बहुत फायदा हुआ। इससे मैं अपनी भौतिकी की समस्याओं के बारे में और अधिक गहराई से सोच सकता हूँ। प्रत्येक वैज्ञानिक के लिए एक मोची के रूप में कार्य करना आवश्यक है। मेरे कहने का

अर्थ है कि व्यावहारिक कार्य वैज्ञानिक अनुसंधान में किसी प्रकार की बाधा नहीं डालता बल्कि सहायक सिद्ध होता है।

चूँकि कार्यालय में उन्हें दिन के आठ-नौ घंटे गुज़ारने होते थे। मगर वे अपना कार्य आधे समय में ही समाप्त कर लिया करते। अत: उनके लिए खाली समय तनाव की स्थिति पैदा करता था। वे जानते थे कि ऐसा अधिक समय तक नहीं चल सकता। अत: उन्होंने अपना अतिरिक्त समय बिताने का साधन भी ढूँढ़ लिया। उन्होंने अपने वैज्ञानिक अध्ययनों और उनसे जुड़े शोधों पर कार्य करना आरंभ कर दिया। पेटेंट कार्यालय में स्वयं का कार्य करने पर सख्त पाबंदी थी। लेकिन अल्बर्ट अपना कार्य इतनी चालाकी से करते कि किसी को पता नहीं चलता था। इस तरह अल्बर्ट के जीवन में एक नया अध्याय शुरू हुआ।

9
मिलेवा के साथ विवाह

1875 में जन्मी मिलेवा मारिश (Mileva Maric) को अल्बर्ट की पहली पत्नी के रूप में जाना जाता है। वह एक अच्छे परिवार से संबंध रखती थी। मिलेवा गणित और भौतिक में हमेशा अच्छे अंक लेकर पास होती थी। मिलेवा और अल्बर्ट ज़्यूरिक पॉलिटेक्निक में एक साथ पढ़ते थे। वह अकसर अल्बर्ट के साथ समय बिताती। बहुत जल्द उनकी मित्रता गहरे प्रेम में बदल गई और उन दोनों ने एक साथ जीवन बिताने की सोची। मिलेवा के माता-पिता ने तुरंत इस रिश्ते के लिए अपनी मंज़ूरी दे दी। उन्हें अल्बर्ट पसंद थे। लेकिन अल्बर्ट के माता-पिता को यह रिश्ता मंज़ूर नहीं था। इसका कारण था कि मिलेवा की आयु अल्बर्ट से बहुत अधिक थी और वह दूसरे धर्म से संबंध रखती थी।

इसी दौरान अल्बर्ट के पिता हरमन की मृत्यु हो गई। वे उस समय मिलान में रह रहे थे। लेकिन जाने से पहले उन्होंने अल्बर्ट को मिलेवा से विवाह करने की अनुमति दे दी थी। अत: अगले वर्ष 6 जनवरी, 1903 को बर्न, स्विट्ज़रलैंड के टाउन हॉल में एक साधारण से कार्यक्रम के दौरान उनका विवाह संपन्न हुआ। वे दोनों विवाह के सूत्र में बंध गए।

मिलेवा से विवाह के पश्चात आइंस्टाइन का पारिवारिक खर्च भी बढ़ने लगा। विवाह के अगले ही वर्ष यानी 14 मई सन् 1904 को मिलेवा ने एक पुत्र को जन्म दिया। उसका नाम हांस (Hans) रखा गया। इसके

बाद उनका खर्चा और बढ़ने लगा। अब वे पूरी तरह से गृहस्थ बन चुके थे। किंतु इन सब बातों के साथ आइंस्टाइन के वैज्ञानिक शोध कार्य चलते गए और वे पूरी लगन से अपने कार्य में मग्न रहे।

आइंस्टाइन के आस-पास का माहौल ऐसा नहीं था, जैसा किसी दार्शनिक या वैज्ञानिक का होता है। वे किसी भी परिस्थिति में अपने कार्य से जुड़े पहलुओं पर सोच-विचार कर सकते थे और तत्परता से उसे अंजाम भी दे सकते थे। आमदनी बढ़ाने हेतु उन्होंने जब ट्यूशन के लिए एक विज्ञापन निकाला तो मॉरिस सोलोवाइन (Maurice Solovine) नाम के एक छात्र ने उनसे ट्यूशन पढ़ने की इच्छा ज़ाहिर की। दोनों में गहरी मित्रता हो गई और वे तरह-तरह के विषयों पर देर तक वार्तालाप करते रहते। मॉरिस को भौतिकी में रुचि थी। आइंस्टाइन उसे भौतिकी से जुड़े विभिन्न प्रकार के शोधों से अवगत कराते और उसका मार्गदर्शन करते।

सन् 1905 में, आइंस्टाइन ने एक भौतिकी की मासिक पत्रिका का प्रकाशन किया। उनके पास भौतिकी से संबंधित कई शोध और सिद्धांत थे। उन्होंने अपने जीवनकाल में विज्ञान से संबंधित 300 से भी अधिक पुस्तकों का लेखन किया। इसी साल में अल्बर्ट आइंस्टाइन ने प्रकाश, ऊर्जा और पदार्थ का संबंध प्रदर्शित करने के लिए एक सूत्र की खोज की, जो $E = mc^2$ के नाम से विश्वविख्यात हुआ।

अल्बर्ट आइंस्टाइन पत्नी मिलेवा के साथ

10
आइंस्टाइन के प्रथम चार शोध

आइंस्टाइन को पेटेंट कार्यालय में कार्य करते हुए लगभग तीन वर्ष हो गए थे। इसी दौरान भौतिकी (Physics) के क्षेत्र में कई तरह के नए शोध और आविष्कार होने लगे थे। भौतिकी का विज्ञान असल में पदार्थ विज्ञान है। इसमें प्रकृति के रहस्य खोजे जाते हैं। उस समय के वैज्ञानिकों ने अपने-अपने क्षेत्र में विभिन्न विषयों को अपने संशोधन की विषय-वस्तु बना लिया। आइंस्टाइन ने इसी दौरान अपना प्रथम शोध प्रस्तुत किया।

पहला शोध –

यह शोध 'प्रकाश विद्युत प्रभाव' (Photoelectric Effect) की व्याख्या प्रस्तुत करता था। इस शोध को आनालेन डेर फिजिक (Annalen Der Physick) नामक पत्रिका में 9 जून को प्रकाशित किया गया। भौतिकी के अनुसार प्रकाश जब किसी वस्तु पर पड़ता है तो उसमें से इलेक्ट्रॉन बाहर निकलते हैं। इस घटना को 'प्रकाश विद्युत प्रभाव' का नाम दिया गया था। इस प्रक्रिया में जो इलेक्ट्रॉन बाहर निकलते हैं, उन्हें 'प्रकाश इलेक्ट्रॉन' कहते हैं। इस प्रयोग से प्राप्त परिणाम बताते हैं कि किसी धातु की सतह से प्रकाशपुंज टकराते ही इलेक्ट्रॉन बाहर निकल जाते हैं, इसका अर्थ ही प्रकाश की किरणें पड़ने तथा इलेक्ट्रॉन बाहर निकलने के बीच कोई समय का अंतराल नहीं होता। इस प्रक्रिया में बाहर निकले इलेक्ट्रॉनों की संख्या प्रकाश की तीव्रता के जितनी ही होती है।

उनके इस सिद्धांत को बाद में 'क्वांटम' का नाम दिया गया। आइंस्टाइन ने मैक्स प्लांक नामक वैज्ञानिक द्वारा निश्चित किए गए क्वांटम सिद्धांत की धारणा को पहली बार एक व्यापक सिद्धांत में बदल दिया। उनकी इस व्याख्या से यह बात स्पष्ट हो गई कि प्रकाश असल में प्रकाश-क्वांटम कणों से मिलकर बना है। लेकिन उस समय वैज्ञानिक उनकी इस धारणा को स्वीकार करने के लिए तैयार नहीं थे। यह विरोधाभास कई सालों तक चलता रहा। सन् 1921 में आइंस्टाइन को 'प्रकाश विद्युत प्रभाव' (Photoelectric effect) की खोज के लिए नोबेल पुरस्कार से सम्मानित किया गया और आगे चलकर सन् 1923 में 'क्वांटम प्रभाव' के अस्तित्त्व को प्रमाणित कर दिया गया।

दूसरा शोध –

आइंस्टाइन का दूसरा शोध 18 जुलाई, 1905 को आनालेन डेर फिजिक पत्रिका में ही प्रकाशित किया गया। इस शोध में 'ब्राउनियन गति' (Brownian Motion) की विस्तार से व्याख्या की गई थी। आइंस्टाइन ने इसी विषय से संबंधित एक शोध तैयार करके ज़्यूरिक विश्वविद्यालय में भेजा था। वे इस शोध के माध्यम से पी.एच.डी. की उपाधि प्राप्त करना चाहते थे।

आइंस्टाइन ने अपने शोध में स्पष्ट किया कि पानी के अंदर गति में तैरते अणु सूक्ष्म कणों को इतनी तेज़ी से धकेलते हैं कि वे बहुत अनियमितता के साथ पानी में उछल-कूद करते रहते हैं। उन्होंने कई तरह के आकारवाले अणुओं के प्रभावों तथा उनकी गति के कणों का हिसाब लगाकर एक ऐसा समीकरण बनाया, जिसके माध्यम से टक्कर देनेवाले अणुओं तथा उनके घटक परमाणुओं के आकारों की गणना की जा सकती थी। फ्रांस के वैज्ञानिक जयाँ बाप्तिस्त पेह्रन (Jean Baptiste Perrin) ने आइंस्टाइन के इस सिद्धांत की पुष्टि की, जिस कारण आगे चलकर उनका यह शोध सबसे अधिक प्रकाश में आया।

तीसरा शोध –

आइंस्टाइन ने अपना तीसरा शोध 26 सितंबर, 1905 को प्रकाशित

करवाया। आनालेन डेर फिजिक पत्रिका में प्रकाशित इस शोध में उन्होंने 'विशिष्ट सापेक्षता सिद्धांत' की व्याख्या की। इस सिद्धांत को विशिष्ट इसलिए कहा गया है क्योंकि आइंस्टाइन ने इसमें एक विशिष्ट स्थिति-एक सीधी रेखा में एक समान गति से दौड़नेवाली वस्तुओं की ही व्याख्या की है। उनके इस शोध के अनुसार प्रकाश की सापेक्षिक गति एक समान बनी रहती है। यह किसी अन्य वस्तु की तुलना में कभी नहीं बदलती। सापेक्षता सिद्धांत के अनुसार कोई वस्तु जितनी तेज़ी से घूमती है, उतनी ही एक खड़े हुए इंसान को वह वस्तु सामान्य से कम दिखाई देने लगती है। उसके बढ़ते हुए भौतिक पदार्थ का अनुभव भी वही इंसान कर सकता है। कोई भी वस्तु प्रकाश को प्राप्त नहीं कर सकती क्योंकि प्रकाश की गति के पास पहुँचने पर उसका भौतिक पदार्थ विशाल हो जाता है।

चौथा शोध –

आइंस्टाइन का चौथा शोध भी आनालेन डेर फिजिक पत्रिका में 21 नवंबर, 1905 को प्रकाशित किया गया। इस शोध में उन्होंने अपने द्रव्य और ऊर्जा के बीच संबंध स्थापित करनेवाले विश्व प्रसिद्ध समीकरण $E = mc^2$ को प्रस्तुत किया। यह तीन पन्नों का एक शोध था, जिसमें E ऊर्जा है, m द्रव्य है तथा c^2 प्रकाश के गति का वर्ग है, जिसे 3,00,000 किलोमीटर प्रति सेकन्ड की दर से दर्शाया गया है। आइंस्टाइन के इस समीकरण द्वारा यह बात साबित हुई कि द्रव्य तथा ऊर्जा एक ही गाड़ी के दो पहिए हैं।

आइंस्टाइन के ये सभी शोध पत्र छोटे या बड़े रूप में सापेक्षता के सिद्धांत से ही संबंधित थे। यह ऐसा समय था, जहाँ आइंस्टाइन जैसे युवा वैज्ञानिक ने भौतिकी के क्षेत्र में ज़बरदस्त खलबली मची दी थी। आइंस्टाइन के वैज्ञानिक जीवन पर आधारित एक पुस्तक में अब्राहम पाइस (Abraham Pais) लिखते हैं कि 'आज से पहले किसी ने भी या बाद में भौतिकी के क्षितिज को इतने कम समय में इतना विस्तृत नहीं किया, जितना कि आइंस्टाइन ने एक ही वर्ष में कर दिखाया है।' उस समय के सफल वैज्ञानिकों को आइंस्टाइन के शोध निबंधों के महत्त्व को

समझने में तनिक भी देर न लगी। इतने महत्वपूर्ण शोधों के आ जाने से वैज्ञानिक जगत को यह भी पता नहीं चला कि आइंस्टाइन किस वैज्ञानिक संस्थान में कार्यरत हैं। कुछ वैज्ञानिकों को तो यह जानकर भी हैरानी हुई कि आइंस्टाइन जैसा व्यक्ति किसी विश्वविद्यालय अथवा संस्थान का प्रोफेसर नहीं बल्कि पेटेंट कार्यालय में कार्य करनेवाला एक तीसरी श्रेणी का तकनीकी विशेषज्ञ मात्र है।

इसके पश्चात जिन कंपनियों और संस्थाओं ने उन्हें अयोग्य कहकर नौकरी देने से इनकार कर दिया था, वे उन्हें अपनी सेवाएँ देने के लिए आमंत्रित करने लगीं। उन्हें ज़्यूरिक विश्वविद्यालय से नौकरी का प्रस्ताव भी आया, जिसे उन्होंने तुरंत स्वीकार कर लिया। इससे एक वैज्ञानिक के तौर पर आइंस्टाइन का जीवन शुरू हुआ।

अल्बर्ट आइंस्टाइन

11

आइंस्टाइन का सापेक्षता सिद्धांत

इतिहास की ओर मुड़कर देखें तो पता चलता है कि दुनिया में सबसे अलग चलनेवाले लोग, जो परंपराओं की परवाह नहीं करते, वे ही आगे चलकर अपनी पहचान बनाते हैं। अल्बर्ट आइंस्टाइन ने अपने सापेक्षता के सिद्धांत को सन् 1905 में प्रस्तुत किया था लेकिन उसकी नींव लगभग 10 वर्ष पूर्व रखी जा चुकी थी। जब-जब लोगों ने पुरानी लीक से हटकर नए-नए सिद्धांतों को जन्म दिया, तब-तब विज्ञान के नए-नए आविष्कारों का जन्म हुआ है।

आज आइंस्टाइन के सापेक्षता सिद्धांत को प्रतिपादित हुए 100 वर्ष से भी अधिक समय हो चुका है। उनके द्वारा दिया गया यह सिद्धांत भौतिक विज्ञान का आधार स्तंभ बन चुका है। वर्तमान में बिना इस सिद्धांत के भौतिक विज्ञान की कल्पना तक नहीं की जा सकती। आइंस्टाइन के इस सिद्धांत के बिना आधुनिक भौतिकी अधूरी है। उनका सापेक्षता सिद्धांत आम लोगों की समझ से अब भी बाहर है क्योंकि उसे वैज्ञानिक या कुछ गिने-चुने लोग ही समझ सकते हैं। यह एक जटिल सिद्धांत है लेकिन इसकी गणना विश्व के उत्कृष्ट सिद्धांतों में की जाती है।

आम बोलचाल की भाषा में कहा जाए तो ब्रह्माण्ड के सभी घटक एक-दूसरे से परस्पर संबंधित हैं। कोई घटक स्वतंत्र नहीं है। जब हम किसी पिण्ड या तारे को ब्रह्माण्ड में देखते हैं तो उसकी गति दूरी एवं समय पर

निर्भर करती है। माना कि कोई तारा हमारी पृथ्वी के 400 प्रकाश वर्ष दूर है। इसका मतलब यह हुआ कि हम जब तारे को देख रहे हैं तो वह 400 साल पहले की स्थिति है। वर्तमान में तो वह तारा कहीं ओर होगा। उस तारे की आज की स्थिति हमें 400 साल बाद दिखाई देगी। यदि उस तारे की गति काफी तेज़ है तो उसका आकार भी भिन्न दिखाई देगा।

कहा जाता है कि जिस समय आइंस्टाइन ने अपने इस सिद्धांत को विज्ञान जगत में प्रस्तुत किया था, उस समय इसकी गूढ़ता के संबंध में कई घटनाएँ उत्पन्न हो गई थीं। एक ऐसी ही घटना में वैज्ञानिक सर आर्थर एडिंग्टन (Sir Arthur Eddington) का नाम सामने आता है। एक गोष्ठी के दौरान किसी भौतिकी वैज्ञानिक ने उनके बारे में कहा था – 'सर आर्थर, आप विश्व के उन तीन महान व्यक्तियों में से एक हैं, जो आइंस्टाइन के सापेक्षता सिद्धांत को समझने की बुद्धि रखते हैं।' उनकी यह बात सुनकर सर आर्थर कुछ परेशान हो गए। उनकी परेशानी देखकर उस वैज्ञानिक ने पुन: कहा, 'सर! इतना क्या सोचने लगे?'

इस पर सर आर्थर ने एक तीखा सा व्यंग्य छोड़ते हुए जवाब दिया, 'मैं यह सोचकर परेशान हो रहा हूँ कि वह तीसरा व्यक्ति कौन हो सकता है, जो आइंस्टाइन के सिद्धांत को समझ सकता है?' उनके इस जवाब से सापेक्षता के सिद्धांत की जटिलता और उत्कृष्टता का अनुमान लगाया जा सकता है। लेकिन फिर भी इस सिद्धांत की मुख्य संकल्पना को सरल तथा सुलभ शैली में व्यक्त किया जा सकता है। अपने इस सिद्धांत के बारे में स्वयं आइंस्टाइन ने भी कहा था कि 'यदि कोई वैज्ञानिक इस सिद्धांत को समझ सकता है तो वह इसकी सरलता और सुलभता को भी समझ सकता है।' **सापेक्षता के सिद्धांत का साधारण सा अर्थ है कि इस संसार में सब कुछ सापेक्ष यानी परस्पर संबंधित है।**

कुछ लोग इसे अन्य सिद्धांतों की तरह मानते हैं कि यह सिद्धांत भी सत्य को ही व्यक्त करता है। इसी सिद्धांत के कारण मनुष्य ब्रह्माण्ड, अंतरिक्ष, समय, गति, द्रव्यमान आदि की पुरानी से पुरानी अवधारणाओं को छोड़कर उनमें आई नवीनतम संकल्पनाओं को और अधिक गहराई तथा

उत्कृष्टता से समझने लगा है।

आइंस्टाइन के अनुसार विभिन्न ग्रहों पर समय की अवधारणा अलग-अलग होती है। काल का संबंध गति से होता है। इस प्रकार अलग-अलग ग्रहों पर समय का मापदंड भी अलग होता है। इसे एक उदाहरण के द्वारा आसानी से समझा जा सकता है। मान लिया जाए कि किसी माँ के दो जुड़वाँ बच्चे पैदा होते हैं। उन जुड़वाँ बच्चों में से एक को पृथ्वी पर पाला जाए और दूसरे की परवरिश किसी अन्य ग्रह पर की जाए। जब कुछ वर्षों पश्चात दूसरे ग्रह से उसे लाया जाएगा तो उन दोनों बच्चों की आयु में अंतर होगा। आयु का अंतर इस बात पर निर्भर करेगा कि जिस बच्चे को दूसरे ग्रह पर भेजा गया था, उस ग्रह की सूर्य से दूरी, पृथ्वी की सूर्य से दूरी कितनी अधिक अथवा कम है।

सापेक्षता सिद्धांत को हमारी पौराणिक कथा के आधार पर भी समझा जा सकता है। हमारे ग्रंथ श्रीमद् भगवत् पुराण में इसके प्रमाण मिलते हैं। *इस पुराण में एक रोचक प्रसंग के अनुसार रैवतक नाम के एक राजा थे। उनकी पुत्री रेवती विवाह योग्य हो चुकी थी। लेकिन उसके लिए कोई सुयोग्य वर नहीं मिल पा रहा था। इसका कारण था कि रेवती का कद बहुत लंबा था। कोई भी राजकुमार उससे विवाह के लिए राज़ी नहीं होता था। इस कारण अपनी पुत्री के विवाह को लेकर राजा बहुत परेशान रहते थे।*

एक दिन वे अपनी पुत्री के लिए वर तलाशने हेतु ब्रह्म लोक को रवाना हुए। जब वे ब्रह्म लोक पहुँचे तो देखा कि वहाँ गंधर्वगान का आयोजन चल रहा था। सभी लोग उसमें व्यस्त थे। जब गंधर्वगान समाप्त हुआ तो ब्रह्माजी ने राजा से उनके आने का कारण पूछा। राजा ने विनम्रतापूर्वक उन्हें बताया कि वे अपनी पुत्री रेवती के लिए वर की तलाश करने वहाँ आए हैं। इस पर ब्रह्माजी ज़ोर से हँसे और बोले, 'हे राजन् जितनी देर तुमने यहाँ गंधर्वगान सुना, उतने समय में तो पृथ्वी पर 27 चतुर्युग बीत चुके हैं। (1 चतुर्युग = 4 युग) अब तो 28 वाँ द्वापर युग भी समाप्त होनेवाला है। तुम वापस पृथ्वी पर जाओ और जाकर कृष्ण के

भाई बलराम से अपनी पुत्री का विवाह कर दो। यह भी अच्छा हुआ कि तुम रेवती को अपने साथ यहाँ ले आए, जिससे इसकी आयु नहीं बढ़ी। अब यदि थोड़ा सा भी विलंब किया तो सीधे कलियुग में जा गिरोगे।'

इस प्रसंग से पता चलता है कि ब्रह्म लोक आकाशगंगा से भी अधिक दूरी पर है। यही कारण है कि वहाँ का एक मिनट पृथ्वी के खरबों वर्ष के समान है। आधुनिक वैज्ञानिकों का मानना है कि यदि कोई इंसान प्रकाश गति की तुलना में कुछ कम गति से चलनेवाले किसी यान में सफर करता है तो उसके शरीर के भीतर परिवर्तन की प्रक्रिया प्राय: स्तब्ध हो जाएगी। यदि कोई 10 वर्ष का बालक यान में बैठकर आकाशगंगा की ओर जाता है और जाकर वापस आता है तो वह 66 वर्ष का हो जाएगा। लेकिन उस दौरान पृथ्वी पर लगभग 40 लाख वर्ष बीत चुके होंगे। इस प्रकार अलग-अलग ग्रहों पर समय का मापदंड पता चलता है।

आइंस्टाइन के सापेक्षता सिद्धांत का प्रकाशन उस समय की प्रसिद्ध पत्रिका में प्रकाशित किया गया। सापेक्षता सिद्धांत के प्रकाशित होते ही पूरी दुनिया में इसका असर देखने को मिला। अनेक वैज्ञानिकों और बुद्धिजीवियों ने उनके इस लेख को पढ़ा और सराहा। देखते ही देखते आइंस्टाइन विख्यात हो गए। इस सिद्धांत के साथ ही आइंस्टाइन ने सापेक्षता सामान्य सिद्धांत (general theory of relativity) भी प्रस्तुत किए। उनके अन्य सिद्धांतों में संतुलित ब्रह्माण्ड, केशिकीय गति, एक अणुवाले गैस का क्वांटम सिद्धांत, भौतिकी का ज्यामितीकरण तथा कम विकिरणवाले प्रकाश के सिद्धांत आदि शामिल थे। सन् 1919 में इंग्लैंड की रॉयल सोसाइटी ने इन सभी शोधों को सत्यापित किया और इन्हें मान्यता दे दी।

12

ज़्यूरिक पॉलिटेक्निक में वापसी

आइंस्टाइन द्वारा अपने शोध प्रकाशित करवाने के पश्चात विश्व के विख्यात वैज्ञानिकों ने उनके शोध निबंधों की खूबियों को बारीकी से जाना। उस समय के कुछ महान वैज्ञानिकों जैसे माक्स प्लांक, विल्हेल्म वीन, हेन्ड्रिक लॉरेंट्ज तथा याकोब योहान्न लाउव आदि ने उनके कार्य की प्रशंसा की। आइंस्टाइन कहते थे कि **'मनुष्य को डरावने धार्मिक विचारों, अंध विश्वासों, आत्माओं के अस्तित्त्वों आदि से दूर रहना चाहिए।'** वे अपने जीवन को गंभीर सोच-विचार की परिस्थितियों से बाहर निकालकर बहुत हलके ढंग से जीते थे। खाली समय में वे साइकिल चलाते, अपना प्रिय वायलिन बजाते या फिर नौका विहार करते।

धीरे-धीरे यूरोप के विज्ञान जगत से जुड़े अनेक जाने-माने विशेषज्ञों ने भी यह माना कि आइंस्टाइन जैसी प्रतिभा कई वर्षों में जाकर पैदा होती है। यह भी माना जाने लगा कि आइंस्टाइन जैसे विलक्षण तथा प्रतिभावान व्यक्ति को पेटेंट कार्यालय में न होकर किसी अच्छे संस्थान में होना चाहिए। अत: उनके लिए ज़्यूरिक पॉलिटेक्निक में प्राध्यापक के पद के लिए नौकरी की अटकलें लगाई जाने लगीं।

ज़्यूरिक पॉलिटेक्निक का यह नियम था कि किसी भी व्यक्ति को यदि उस संस्थान में प्राध्यापक के लिए आवेदन करना होता था तो

उसके लिए यह आवश्यक था कि इससे पूर्व उसने बतौर निजी व्याख्याता (Privatdozent) के रूप में अपनी सेवाएँ दी हों। आइंस्टाइन को भी ऐसा करने को कहा गया। उन्होंने भी इस बात को महसूस किया कि अब पेटेंट कार्यालय में अधिक समय तक नौकरी करना संभव नहीं। अत: सन् 1908 से 1909 तक उन्होंने नौकरी के साथ-साथ बतौर निजी व्याख्याता कार्य भी किया। इसके पश्चात उन्हें ज़्यूरिक पॉलिटेक्निक में एक प्राध्यापक के रूप में नौकरी मिल गई। बारह वर्ष पूर्व वे जिस संस्थान में एक विद्यार्थी के रूप में पढ़ने आए थे, आज उसी संस्थान में उन्हें विद्यार्थियों को पढ़ाने का अवसर मिला। वे प्राध्यापक का पद पाकर बहुत प्रसन्न थे। उनकी पत्नी मिलेवा भी खुशी से फूली नहीं समा रही थी। इसी दौरान उनके दूसरे बेटे एडवर्ड का जन्म हुआ। एडवर्ड की शक्ल अपने पिता से काफी मिलती-जुलती थी।

यहाँ उनकी मुलाकात अपने बचपन के कई पुराने मित्रों से हुई। उनमें सबसे प्रमुख थे मार्सेल ग्रॉसमान। मार्सेल ग्रॉसमान गणित के प्राध्यापक थे। आइंस्टाइन और मार्सेल ग्रॉसमान की मित्रता पहले से और भी गहरी हो गई। वे दोनों अकसर मिलकर विभिन्न प्रकार के वैज्ञानिक विषयों पर चर्चाएँ करते। एक समय यह भी आया कि दोनों ने मिलकर एक शोध प्रबंध तैयार किया और उसे प्रकाशित करवाया। यह शोध 'विस्तृत सापेक्षता सिद्धांत तथा गुरुत्वाकर्षण के सिद्धांत का बाह्य रूप' के नाम से प्रकाशित किया गया था। यह शोध अपनी तरह के विषय में एक महत्वपूर्ण कदम था, जिसमें गुरुत्वाकर्षण के ज्यामितीकरण का पहली बार प्रयास किया गया था। आइंस्टाइन को व्यापक सापेक्षता के गणितीय ढाँचे को बनाने में मार्सेल ग्रॉसमान से बहुत सहायता मिली।

ज़्यूरिक पॉलिटेक्निक में आइंस्टाइन को आरंभ में तो बच्चों को पढ़ाने में काफी कठिनाई हुई क्योंकि यह उनके लिए बिलकुल अलग तरह का पेशा था। लेकिन बाद में उन्हें बच्चों को पढ़ाने में बहुत मज़ा आने लगा। उन्हें बच्चों को पढ़ाने के लिए प्रारंभिक यांत्रिकी (Introduction of Mechanics), तापगतिकी (Thermodynamics), ऊष्मा का अणुगति

सिद्धांत (Kinetic Theory of Heat), विद्युत तथा चुंबकत्व और सैद्धांतिक भौतिक के चुनिंदा क्षेत्र जैसे विषय दिए गए थे।

उनके एक विद्यार्थी, जिसका नाम हांस टैनर (Hans Tanner) था, बताते हैं कि 'आइंस्टाइन का पढ़ाने का तरीका सबसे अलग था। वे अन्य अध्यापकों की तरह न तो पढ़ाते थे और न ही उनके जैसा व्यवहार करते थे। वे हमेशा पढ़ाए जानेवाली विषय-वस्तुओं को छोटे-छोटे कागज़ के टुकड़ों पर लिखकर लाया करते थे। यदि किसी विद्यार्थी को कोई बात समझ में नहीं आती थी तो वह लेक्चर को बीच में ही रोककर अपना प्रश्न पूछ सकता था। उनका व्यवहार सभी विद्यार्थियों के साथ मित्रतापूर्वक रहता था। वे कभी भी, किसी भी छात्र के साथ कॉफी पीते हुए देखे जा सकते थे, पुस्तकालय में बैठे उनके साथ चर्चा करते दिख जाते थे या फिर उनके साथ चलते-चलते ही वैज्ञानिक विषयों पर चर्चा करते रहते।'

सन् 1909 में जिनेवा विश्वविद्यालय द्वारा अपनी 350 वीं वर्षगाँठ का आयोजन किया गया। आइंस्टाइन को भी इस कार्यक्रम में भाग लेने के लिए आमंत्रित किया गया। वहाँ पर उन्हें 'डॉक्टरेट' की मानद उपाधि प्रदान की गई। आइंस्टाइन ने उसी वर्ष अप्रैल में ब्राउनियन गति से संबंधित जो शोध प्रबंध ज़्यूरिक विश्वविद्यालय को भेजा था, वह वर्ष के मध्य में स्वीकार कर लिया गया। आइंस्टाइन ने उसे भी प्रकाशन के लिए आनालेन डर फिजिक पत्रिका को भेज दिया, जिसे अगले वर्ष के आरंभ में प्रकाशित कर दिया गया।

आइंस्टाइन का मानना था कि मनुष्य के अच्छे विचार और अच्छी संगति उनकी प्रगति के द्वार खोल देती है। ये दोनों ही बातें हमारे जीवन में बहुत मायने रखती हैं। वे किसी भी काम को छोटा या बड़ा नहीं मानते थे। उनका कहना था कि हमें हर काम को पूरी सच्चाई और प्रामाणिकता के साथ करना चाहिए, तभी हम एक बुद्धिमान इंसान बन सकते हैं।

13
प्राग विश्वविद्यालय से प्रस्ताव

अल्बर्ट ज़्यूरिक में एक वर्ष तक रहे। सन् 1910 में उन्हें प्राग (Prague) विश्वविद्यालय से प्राध्यापक पद के लिए प्रस्ताव आया। उस समय प्राग को यूरोप का सबसे पुराना विश्वविद्यालय माना जाता था। इस विश्वविद्यालय के दो भाग थे। उनमें से एक था जर्मन और दूसरा चेक। आइंस्टाइन को जर्मनीवाले भाग के लिए प्राध्यापक की नौकरी का प्रस्ताव आया था। यह एक पूर्ण प्राध्यापक का पद था और इसमें पहले से कहीं अधिक सुविधाएँ भी प्रदान की जा रही थीं। वहाँ के कुछ उच्च श्रेणी के अधिकारी चाहते थे कि आइंस्टाइन जैसी विलक्षण प्रतिभा का व्यक्ति उनके संस्थान में कार्य करे। वैसे भी कई भौतिक विज्ञानी उनकी योग्यता से भली-भाँति परिचित थे। अत: उनके नाम को बिना किसी व्यवधान के मंज़ूरी दे दी गई।

मार्च 1911 में अल्बर्ट आइंस्टाइन की नियुक्ति प्राग विश्वविद्यालय के थ्योरिटिकल फिजिक्स के प्रोफेसर के पद पर हो गई। यहाँ पर उनका वेतन भी ज़्यूरिक की तुलना में दो गुना अधिक तय किया गया था। इसके साथ ही बोनस के रूप में उन्हें 'इंस्टीट्यूट ऑफ थ्योरिटिकल फिजिक्स' का डायरेक्टर भी नियुक्त किया गया। उनकी सेवा शर्तों में मैकेनिक्स और थर्मोडायनामिक्स जैसे विषयों का अध्यापन भी शामिल किया गया। वर्ष में

एक बार बड़ा सेमिनार आयोजित करने की ज़िम्मेदारी भी उन पर सौंपी गई। इस प्रस्ताव पर आइंस्टाइन बहुत ज़्यादा सोच-विचार नहीं कर सके क्योंकि उन दिनों की परिस्थितियों के अनुसार यह प्रस्ताव बहुत ही आकर्षक था। अतः मार्च 1911 में आइंस्टाइन ने ज़्यूरिक विश्वविद्यालय के अधिकारियों को अपना त्याग पत्र भेज दिया और परिवार सहित प्राग के लिए रवाना हुए। प्राग में आकर आइंस्टाइन ने पहली बार अपना मनपसंद हवादार और बड़ा मकान लिया।

प्राग में आइंस्टाइन की मुलाकात कई नए प्रतिभावान व्यक्तियों से हुई। उनमें से जॉर्ज पिक (Goerge Pick) नाम के एक गणितिज्ञ भौतिक विज्ञान में गहरी रुचि रखते थे। उन्हें आइंस्टाइन के साथ भौतिक तथा दार्शनिक विषयों पर चर्चा करने में बहुत अच्छा लगता था। जॉर्ज पिक को भी आइंस्टाइन की तरह वायलिन बजाने का शौक था। उनके माध्यम से आइंस्टाइन भी प्राग में कई प्रतिष्ठित हस्तियों तथा संगीत प्रेमियों से मिले। सापेक्षता सिद्धांत के प्रतिपादन के बाद आइंस्टाइन अब व्यापक सापेक्षता सिद्धांत के कार्य में लगे हुए थे, जिसमें जॉर्ज पिक ने उनकी बहुत मदद की। जॉर्ज पिक ने उन्हें मशवरा दिया कि 'आपके सिद्धांत के लिए सुप्रसिद्ध गणितिज्ञ ग्रेगोरिओ रिच्ची कुर्बास्त्रो (Gregorio Richi Kurbastro) तथा तुलिओ लेवी सिविता (Tullio Levi Civita) द्वारा तैयार किए गए गणित के शोध उपयोगी हो सकते हैं।'

नए लोगों की श्रेणी में आइंस्टाइन की मुलाकात मैक्स ब्रॉड (Max Brod) नामक उपन्यासकार से हुई। मैक्स ब्रॉड उन दिनों अपने किसी खास कार्य के लिए विज्ञान क्षेत्र के कुछ गिने-चुने विशिष्ट हस्तियों का मानस शास्त्रीय दृष्टिकोण से चरित्र-चित्रण (Character sketch बनाने) करने का कार्य कर रहे थे। वे जब अपने एक उपन्यास 'टयूको ब्राए की मुक्ति' (The Redemption of Tycho Brahe) का लेखन कर रहे थे तो उन्हें इस नाटक के एक किरदार 'केपलर' के चरित्र चित्रण के लिए आइंस्टाइन के व्यक्तित्व से बहुत प्रेरणा मिली थी। उपन्यास के प्रकाशित होने के पश्चात जर्मनी के एक वैज्ञानिक ने आइंस्टाइन से कहा, 'इस उपन्यास को पढ़ने के

बाद ऐसा लगता है कि इसमें केपलर तो आप स्वयं हैं।'

प्राग विश्व विद्यालय में आइंस्टाइन के मित्रों की सूची में एक नाम मॉरिस विंटरनिट्ज् (Morris Winternitz) का भी आता है। मॉरिस विंटरनिट्ज वहाँ संस्कृत के प्राध्यापक थे। दोनों में अच्छी मित्रता थी। वे अकसर अपना बचा हुआ खाली समय एक साथ बिताते तथा जीवन के विभिन्न पहलुओं पर चर्चा करते। आइंस्टाइन कभी-कभी उनके निवास पर भी चले जाया करते। मॉरिस विंटरनिट्ज के पाँच बच्चे थे। वे आइंस्टाइन से काफी घुल-मिल गए थे। आइंस्टाइन अपने साथ अपना वायलिन ले जाते और वहाँ जाकर बजाते।

प्राग विश्वविद्यालय में एक वर्ष बिताने के बाद अगले ही वर्ष एक बार पुन: उन्हें ज़्यूरिक पॉलिटेक्निक से आमंत्रण मिला। वे 1912 में एक बार फिर ज़्यूरिक आ बसे। वे साप्ताहिक स्तर पर कई बैठकों का आयोजन भी करते थे, जिसमें भौतिकी क्षेत्र में हो रहे नए से नए शोधकार्यों के विषय में जानकारी प्रदान की जाती थी। इन बैठकों में उनके मित्र, विश्व विद्यालय के छात्र तथा कई अध्यापक भी भाग लेने आते थे।

इसी दौरान सन् 1913 में उन्होंने विएना की यात्रा भी की। यहाँ उन्होंने अपने सापेक्षता सिद्धांत को लोगों के सामने प्रस्तुत किया। हालाँकि यह सिद्धांत अभी तक पूर्ण नहीं था किंतु इसकी खास बातों को उन्होंने वहाँ के वैज्ञानिकों के समक्ष प्रस्तुत किया।

आइंस्टाइन का मानना था कि हर इंसान को अपने लक्ष्य की प्राप्ति के लिए निरंतर कार्य करते रहना चाहिए। उनका लक्ष्य हमेशा इस सृष्टि के रहस्यों को जानने का रहा। आइंस्टाइन ने जीवनभर अपने लक्ष्य को पाने के लिए संघर्ष किया और अपनी वैज्ञानिक शोधकार्यों से संपूर्ण विश्व को आश्चर्यचकित किया। उनका कहना था कि जब मनुष्य में हमेशा कुछ नया करने की चाहत होगी तभी वह कला और विज्ञान की गहराइयों में डूबेगा, उससे संबंधित सारे रहस्य खोज निकालेगा।

आइंस्टाइन के कार्यों ने विश्व में वैज्ञानिक शोध के बंद द्वार खोल दिए। उन्होंने नए वैज्ञानिकों को नई-नई खोज करने के लिए प्रेरित किया और उन्हें हर समस्या के बावजूद अपने मार्ग पर निरंतर चलते रहने की प्रेरणा दी।

14

बर्लिन में स्थानांतरण

भौतिक क्षेत्र में लगातार हो रहे नए आविष्कारों ने इस युग को विभिन्न नए आयाम दिए। इन्हीं आविष्कारों के माध्यम से विभिन्न संस्थानों की रचना की गई तथा उनमें बड़े से बड़े वैज्ञानिक स्तर के लोगों को अपने साथ जोड़ा गया। इसी दिशा में सन् 1911 में बर्लिन में कैसर विलहेल्म गेसेल्लशाफ्ट इंस्टीट्यूट (Kaiser Wilhelm Gesellschaft Institute) नाम के एक संस्थान की स्थापना की गई। यह संस्थान पर्शिया के सम्राट की इच्छा तथा वहाँ के बैंकरों व चोटी के उद्योगपतियों की सहायता से खोला गया। इस संस्थान का मुख्य उद्देश्य श्रेष्ठ से श्रेष्ठ वैज्ञानिकों को अपने साथ जोड़ना था। यह संस्थान उन्हें भरपूर वेतन देता था तथा उन्हें अध्यापन के कार्य से मुक्त रखता था। यहाँ पर वैज्ञानिकों को उनकी इच्छानुसार किसी भी शोध कार्य से जुड़े रहने की आज़ादी होती थी।

इस संस्थान में वैज्ञानिकों को अपने साथ जोड़ने की ज़िम्मेदारी मैक्स प्लांक तथा वाल्थेर नेर्नस्ट जैसे दिग्गज लोगों को सौंपी गई। दोनों ही व्यक्ति अपने-अपने क्षेत्र में माहिर थे। वे दोनों चाहते थे कि आइंस्टाइन भी इस संस्थान से जुड़ें। उन्होंने आइंस्टाइन के लिए कुछ लुभावने तथा आकर्षक प्रस्तावों की सूची बनाई जो इस प्रकार थी:

1) आइंस्टाइन कैसर विल्हेल्म इंस्टीट्यूट के अंतर्गत होनेवाले भौतिकीय अनुसंधान संस्थान के निर्देशक (Director) होंगे।

2) उन्हें पर्शिया (Persia) विज्ञान अकादमी की सदस्यता भी दी जाएगी।

3) उन्हें बर्लिन विश्वविद्यालय में प्राध्यापक नियुक्त किया जाएगा। इसके अंतर्गत वे अपनी पसंद के विषय चुनने के लिए स्वतंत्र होंगे।

4) वे अपनी पसंद से अपने शोध कार्यों या शोध निबंधों से जुड़ा कोई भी कार्य कर सकते हैं।

5) वे किसी भी अन्य संस्थान से जुड़कर उसे अपना सहयोग दे सकते हैं।

मैक्स प्लांक तथा वाल्थेर नेर्नस्ट 1913 में ज़्यूरिक जाकर आइंस्टाइन से मिले तथा उन्हें अपने आने का उद्देश्य बताया। आइंस्टाइन ने जब उनका प्रस्ताव सुना तो उन्हें भी वह आकर्षक ही लगा। लेकिन वे एकदम से कुछ निर्णय नहीं ले पाए क्योंकि उस समय उनमें बर्लिन जाने का उत्साह नहीं था। वे ज़्यूरिक में ही रहना चाहते थे और वहाँ के वातावरण में ही बसना चाहते थे। इसलिए उन्होंने इस प्रस्ताव के लिए उन दोनों से कुछ समय माँगा। फिर मैक्स प्लांक तथा वाल्थेर नेर्नस्ट ने वहाँ से विदा ली।

उन दोनों के चले जाने के बाद आइंस्टाइन ने बारीकी से इस प्रस्ताव पर गौर किया। उन्होंने सोचा कि यदि वे यह प्रस्ताव स्वीकार कर लेते हैं तो उन्हें अपने सापेक्षता सिद्धांत के विकास के लिए बहुत समय मिल सकता है। साथ ही बर्लिन में अधिक से अधिक गणितज्ञों से उनकी जान-पहचान भी हो जाएगी, जिससे उन्हें काफी सहायता मिल सकती है। दूसरा यह कि आइंस्टाइन की चचेरी बहन, एल्सा भी बर्लिन में थी। एल्सा उनकी हम उम्र थी और आइंस्टाइन से उसके पुराने मैत्री संबंध भी थे। वह अपने पति से तलाक लेकर अपने पिता के साथ रह रही थी। उसकी दो लड़कियाँ थीं- इल्से और मारगॉट। अत: इस प्रस्ताव को स्वीकार करने का एक आंशिक कारण एल्सा भी थी।

कुछ समय बाद मैक्स प्लांक तथा वेल्थर नेर्नस्ट एक बार फिर से ज़्यूरिक गए तथा आइंस्टाइन से जाकर मिले। उस समय आइंस्टाइन ने उनका प्रस्ताव स्वीकार कर लिया और बर्लिन जाने का निर्णय ले लिया।

वे सन् 1914 में बर्लिन आ गए और एल्सा से मिलकर बहुत खुश थे। कुछ ही समय पश्चात मिलेवा भी दोनों बच्चों सहित बर्लिन आ गई। यहाँ आइंस्टाइन के मामा, जो कि सन् 1901 से बर्लिन में रह रहे थे, उनके अलावा बहुत से स्थानीय रिश्तेदार थे, जिसके कारण धीरे-धीरे वे बर्लिन के माहौल के आदी होते गए।

बर्लिन आकर वे अपने पुराने मित्रों से लगातार संपर्क बनाए हुए थे। उन्होंने आते ही अपने मित्र पॉल एहरेनफेस्ट (Paul Ehrenfest) को पत्र लिखा और बताया कि 'मैं यहाँ अपने स्थानीय रिश्तेदारों के साथ बहुत मज़े में हूँ। विशेषकर अपनी हम उम्र चचेरी बहन एल्सा को पाकर, जिसके साथ मेरे पुराने मैत्री संबंध हैं। मैं शायद इसी वजह से अपने आपको इस बड़े शहर में रहने लायक बना रहा हूँ, वरना मुझे बर्लिन में रहना पसंद नहीं है।'

कैसर विलहेल्म गेसेल्लशाफ्ट इंस्टीट्यूट के साथ जुड़ने से आइंस्टाइन की दिनचर्या भी बदलने लगी। वहाँ सप्ताह में एक बार भौतिक विज्ञान के विषय को लेकर चर्चासत्र का आयोजन किया जाता था। इस चर्चासत्र में कई वैज्ञानिक भाग लेने आते थे। उनमें से बहुत से वैज्ञानिक आइंस्टाइन के मित्र बन गए। चर्चासत्र में आनेवाले प्रत्येक वैज्ञानिक अपने विषयों पर लिखे गए शोध निबंधों की पूरी जानकारी सभी को देते। आइंस्टाइन भी प्रत्येक वैज्ञानिकों के शोध निबंधों को ध्यान से सुनते तथा उन पर गौर करते। इस चर्चासत्र में हर कोई सहजता से अपनी राय दे सकता था।

आइंस्टाइन सीधा-सादा जीवन जीनेवाले इंसान थे, उन्हें बाहरी ठाट-बाट से नफरत थी। उस समय यहूदी लोगों को निम्न श्रेणी का माना जाता था और आइंस्टाइन तो यहूदी परिवार से थे। इसलिए जब भी कोई उन्हें कपड़े कैसे पहनने चाहिए या बाहरी जगत में कैसे अच्छे से रहना चाहिए इसकी सलाह देता तो आइंस्टाइन को बहुत गुस्सा आता था। वे अपना धीरज खो बैठते थे। उनके जीवन में सादगी थी इसलिए अमीरों की तरह अपने पैसे का दिखावा करना उन्हें पसंद नहीं था। वे अकसर अपने मित्रों को इन बाहरी दिखावेपन के बारे में लिखते रहते।

समय का उपयोग

एक बार बर्लिन के मशहूर चित्रकार सर विलियम रोथेंस्तीन (Sir William Rothenstein) को आइंस्टाइन का एक चित्र बनाने को कहा गया। आइंस्टाइन को कुछ दिनों तक रोज़ाना उनके स्टूडियो में जाना होता था। उनके साथ एक वृद्ध सज्जन भी आते थे, जो स्टूडियो में जाकर चुपचाप एक कोने में बैठ जाते तथा कुछ लिखते रहते। आइंस्टाइन को समय बरबाद करना अच्छा नहीं लगता था इसलिए वहाँ पर बैठे-बैठे वे अपनी परिकल्पनाओं तथा सिद्धांतों के बारे में सोचते रहते तथा उनसे चर्चा करते रहते। वे सज्जन उनकी बातों का जवाब केवल अपना सिर हिलाकर हाँ या ना में देते थे। जब उनका कार्य समाप्त हो गया तो रोथेंस्तीन ने आइंस्टाइन से उस सज्जन के बारे में पूछा। आइंस्टाइन ने जवाब दिया, 'वे सज्जन एक बहुत बड़े गणितज्ञ हैं। मैं अपनी संकल्पनाओं की सत्यता को गणितीय आधार पर परखने के लिए उनकी मदद लेता हूँ क्योंकि मैं गणित में थोड़ा कमज़ोर हूँ।'

बर्लिन में अब प्रथम विश्व युद्ध शुरू हो चुका था। आइंस्टाइन को युद्ध और कदम से कदम मिलाकर चलते सैनिक कतई पसंद नहीं थे। बर्लिन की सड़कों पर सैनिकों की मार्च करती टुकड़ियाँ दिखाई देने लगीं। वहाँ का माहौल दिनों-दिन खराब होता चला गया। युद्ध के कारण आइंस्टाइन अपने परिचितों तथा मित्रों से भी नहीं मिल पाते थे।

घर में बैठे-बैठे आइंस्टाइन विज्ञान की गुत्थियाँ सुलझाने में पूरी तरह से उलझ जाते थे और बाहर का सब कुछ भूल जाते थे। वे समस्या के समाधान के लिए घंटों तक एक ही अवस्था में बैठे रहते थे। उन्हें जगह, समय और अपने शरीर का भी कोई खयाल नहीं रहता था। यदि बाथरूम में भी उनके मन में कोई विचार आ जाए तो वे घंटों बाथरूम से नहीं निकलते थे। अपना काम पूरा करके जब वे प्रयोगशाला से बाहर आते तो कुछ ही मिनट में भूल जाते कि वे प्रयोगशाला से घर जा रहे थे या घर से प्रयोगशाला। यहाँ तक कि वे उन लोगों से मिलना भी भूल जाते थे, जिन्हें उन्होंने पहले ही समय दे रखा था। उनकी पत्नी मिलेवा

अपने पति की इस स्थिति को कब तक बरदाश्त करतीं।

आइंस्टाइन के प्रति मिलेवा की यह शिकायत थी कि उनके लिए गणित और विज्ञान पहले है, पत्नी और बच्चे बाद में। ऐसी स्थितियों में मिलेवा को आइंस्टाइन के साथ अपना रिश्ता निभाना कठिन हो रहा था। इस वजह से उसने अपने दोनों बच्चों को लेकर ज़्यूरिक जाने का निर्णय लिया। आइंस्टाइन भीतर ही भीतर मिलेवा और बच्चों को चाहते थे लेकिन वे अपना स्वभाव भी बदल नहीं पा रहे थे। परिस्थितियाँ ही ऐसी बन गईं कि दोनों को अलग होना पड़ रहा था। आइंस्टाइन ने अपने बच्चों के भविष्य को देखते हुए अपना आधा वेतन मिलेवा को देने का वचन दिया और इसे जीवनभर निभाया।

मिलेवा से अलग होने के बाद आइंस्टाइन बहुत आज़ाद हो गए। अब उन पर कोई बंधन नहीं था। वे कई बार एल्सा से भी मिल पा रहे थे। पारिवारिक परेशानियों से मुक्त होकर अब आइंस्टाइन अपने वैज्ञानिक शोध और प्रयोग करने के लिए आज़ाद थे।

15
एल्सा से विवाह

एल्सा आइंस्टाइन के चाचा की लड़की थी। उसका जन्म 18 जनवरी 1876 में जर्मनी के उल्म शहर में हुआ था। आइंस्टाइन उसे बचपन से ही अच्छी तरह से जानते थे। जब आइंस्टाइन पहली बार बर्लिन आए थे तो अपने स्थानीय रिश्तेदारों के अलावा एल्सा से भी मिले। उन दोनों में प्रेम पत्रों का आदान-प्रदान शुरू हो गया, जिससे वे एक-दूसरे के निकट आते चले गए।

आइंस्टाइन के अपनी पहली पत्नी मिलेवा से वैवाहिक संबंध समाप्त होने की कगार पर थे। वैसे भी प्रथम विश्व युद्ध के शुरू होते ही सन् 1914 में मिलेवा अपने दोनों पुत्रों सहित वापस ज़्यूरिक चली गई थी। कानूनी तौर पर उनमें 1919 में तलाक हो गया था। मिलेवा से तलाक होते ही आइंस्टाइन ने फौरन 2 जून, 1919 में एल्सा से विवाह कर लिया। उन दोनों में बहुत सी बातें समान थीं। अत: उन दोनों का वैवाहिक जीवन बहुत सुंदर तरीके से गुज़रा। एल्सा के व्यक्तित्व की एक बहुत चर्चित बात यह है कि वह जितना समय आइंस्टाइन के साथ रही, हमेशा उनकी सेवा करती रही।

उनका बर्लिन स्थित मकान विभिन्न व्यवसायों तथा विचारवंत लोगों के लिए एक प्रकार का मिलने का स्थान बनता गया। यह किराए पर लिया

गया एक फ्लैट था, जो कि 'हाबेरलांडस्ट्रास्से 5' (Haberlandstrasse 5) नामक स्थान में स्थित था। यह मकान पश्चिम बर्लिन की बवारिया नाम की एक नई तथा संपन्न कॉलोनी में स्थित था। इसके ठीक सामने एक चौक भी था। इस फ्लैट का मालिक एक रूसी व्यक्ति था। वह आइंस्टाइन का बहुत बड़ा प्रशंसक था। आइंस्टाइन को अपने फ्लैट में किराएदार के रूप में रखकर उसे बहुत खुशी हुई। इस फ्लैट में कुल मिलाकर आठ कमरे थे। यहाँ आइंस्टाइन अपनी दूसरी पत्नी एल्सा, दो पुत्रियों इल्से और मारगॉट तथा एक नौकरानी के साथ रहते थे।

इस मकान की चौथी मंज़िल पर आइंस्टाइन का कमरा था। इसकी छत पर उनका अध्ययन कक्ष था। इस अध्ययन कक्ष में उन्होंने अपने लिए एक खिड़की भी बनवाई थी। आइंस्टाइन के इस फ्लैट में सजावटी सामान के नाम पर कुछ भी नहीं था। घर में रखा गया फर्नीचर भी पुराना तथा सादा था। आइंस्टाइन ने इस घर में अपने लिए एक पुस्तकालय की व्यवस्था भी कर रखी थी। इस पुस्तकालय को देखकर ही अनुमान लगाया जा सकता था कि उस घर में रहनेवाले व्यक्ति का पेशा क्या हो सकता है। घर के अन्य कमरों में भी कोई खास सामान नहीं था। ऊपर की ओर सीढ़ियाँ चढ़कर, जाने के बाद आइंस्टाइन का अध्ययन कक्ष आता था। इसमें दो कुर्सियाँ, एक सोफा व पुस्तकें रखने के लिए कई शेल्फ रखे हुए थे। उनके इस कमरे की एक दीवार पर न्यूटन का पोर्ट्रेट भी टँगा रहता था। इस अध्ययन कक्ष में खिड़की के पास एक मेज रखा रहता, जो लाल तथा सफेद रंग के मेजपोश से ढका होता था। इस मेज पर अकसर कुछ पुस्तकें, पत्र-पत्रिकाएँ तथा कोई पेन अथवा पेंसिल जैसा सामान पड़ा रहता था। उनके कमरे में एक यहूदी धर्मगुरु की मूर्ति भी रखी रहती थी।

धीरे-धीरे आइंस्टाइन के सिर से बाल भी झड़ने लगे थे। एल्सा उन्हें प्याज़ खाने को कहती थीं ताकि प्याज़ खाने से आदमी के बाल कम गिरते हैं। उनके कार्य करने का अंदाज़ भी सबसे अलग था। उनका फाउंटेन पेन ही उनकी प्रयोगशाला थी, जिसे वे कहीं भी इस्तेमाल कर

सकते थे। वे प्राय: सुबह आठ बजे उठकर अपनी दिनचर्या आरंभ करते।

कभी-कभी जब कोई परिचित उनसे पूछता कि वे दिन में कितने घंटे काम करते हैं तो उनके लिए इसका जवाब देना बहुत कठिन हो जाता। आइंस्टाइन के लिए काम का मतलब था, सोच-विचार करना। वे जब भी नहाने जाते तो अकसर अपने बाथरूम का दरवाज़ा बंद करना भूल जाते। नहाने से पहले वे कुछ देर पियानो पर अपनी कोई मनपसंद धुन बजाया करते थे।

जब वे अपने अध्ययन कक्ष में चले जाते तो एल्सा उनकी डाक की छँटाई करती थी। उनके पास विश्व के कोने-कोने से ढेर सारी डाक आने लग गई थी। कभी कोई विद्यार्थी अपनी जिज्ञासा शांत करने के लिए उनसे कोई मदद माँगता, कभी कोई राजनीतिज्ञ अपनी समस्याओं पर उनसे विचार-विमर्श करता, नए-नए आविष्कारक अपने आविष्कारों के बारे में उन्हें जानकारी भेजते या फिर कभी कोई सामाजिक अथवा तकनीकी कार्यकर्ता उनसे विभिन्न विषयों पर सहायता माँगते। इतने सारे डाक देखकर कभी-कभी आइंस्टाइन परेशान हो जाते थे। यहाँ तक कि वे डाकिए को अपना दुश्मन समझने लगे थे। ढेर सारी डाक को छाँटने में एल्सा को काफी समय लग जाता था। मगर आइंस्टाइन स्वयं समय निकालकर अनेक पत्रों का जवाब दिया करते थे।

धीरे-धीरे उनके नाम की चर्चा दूर-दूर तक होने लग गई थी। लोगों ने अपने पैदा होनेवाले बच्चों के नाम 'अल्बर्ट' रखने शुरू कर दिए। कई कंपनियों ने अपने ब्रांड का नाम उनसे जुड़े नाम पर रखना शुरू कर दिया। वे जब कभी काम से मुक्ति पाना चाहते तो नौका विहार के लिए चले जाते थे। नौका में बैठकर वे चैन की साँस लेते थे क्योंकि यही वह समय होता था, जब कोई उन्हें परेशान नहीं कर सकता था। उन्हें किसी प्रकार के खेल में दिलचस्पी नहीं थी। उनका मानना था कि खेल खेलने में अत्यधिक शारीरिक परिश्रम करना पड़ता है जबकि नौका विहार में शारीरिक परिश्रम की कोई आवश्यकता नहीं होती।

बर्लिन में आइंस्टाइन का यह नया परिवार 15 वर्ष तक रहा। उन्होंने

इस फ्लैट को 6 दिसंबर 1932 को छोड़ा और अमेरिका में जा बसे। 1933 में जर्मनी में हिटलर का शासन शुरू हो गया था, जिसके कारण उनके घर का सारा सामान जब्त कर लिया गया। दूसरे विश्व युद्ध के शुरू होते ही बर्लिन स्थित उनके निवास सहित कई इमारतें नष्ट हो चुकी थीं।

खण्ड ४
सापेक्षता सिद्धांत के लिए यात्राएँ

16
विदेश यात्राएँ

आइंस्टाइन तथा उनके सिद्धांत की चर्चा अब विश्वभर में होने लगी थी। वैज्ञानिक जगत से जुड़ा प्रत्येक व्यक्ति उनसे मिलने को उतावला रहता तथा किसी न किसी तरीके से उनके संपर्क में आने का प्रयास करता। मॉर्सेल ग्रासमान को लिखे एक पत्र के अंतर्गत आइंस्टाइन लिखते हैं – 'अब हर वेटर और चालक मुझसे बहस करने लगा है कि सापेक्षता का सिद्धांत सही है अथवा गलत।'

सापेक्षता का सिद्धांत लोगों की समझ में नहीं आ रहा था, यही कारण था कि आइंस्टाइन और भी अधिक रहस्यमयी बनते जा रहे थे। हर कोई उन्हें चाहने लगा था लेकिन उन्हें समझनेवाले मात्र गिनती के थे। आइंस्टाइन को अपने सिद्धांतों पर पूरा यकीन था। इसका सबसे बड़ा कारण था कि वे तर्क और गणित के पक्के नियमों पर आधारित थे। लेकिन बहुत से लोगों के लिए उन्हें समझना कठिन हो गया। आइंस्टाइन ने अनुभव किया कि आम लोगों को सापेक्षता सिद्धांत संबंधी बुनियादी बातें तथा इससे जुड़ी धारणाओं को समझाना आवश्यक है। वैज्ञानिक शोध, पत्र-पत्रिकाओं के माध्यम से इसे जन साधारण को नहीं समझाया जा सकता। इसके लिए उन्होंने देश-विदेश की यात्राएँ कीं, चर्चासत्रों का आयोजन किया तथा भाषण दिए। उनकी विदेश यात्राओं का दौर निरंतर चलता रहा और वे कभी एक देश तो कभी दूसरे देश की यात्रा पर रहे।

हॉलैंड तथा नीदरलैंड की यात्रा

सन् 1920 में आइंस्टाइन हॉलैंड तथा नीदरलैंड की यात्रा पर गए। वहाँ उन्होंने सापेक्षता सिद्धांत के विषय में एक व्याख्यान दिया। उनका कहना था कि सापेक्षता के सिद्धांत में 'ईथर'* जैसे माध्यम को मामूली रूप से स्वीकार किया जा सकता है। उन्हें लाइडेन विश्वविद्यालय में भाषण देने के लिए बुलाया गया। वहाँ उनके पूर्व परिचित मित्र पॉल एहरेनफेस्ट तथा हेन्ड्रिक लॉरेंट्ज भी मौजूद थे।

एहरेनफेस्ट के साथ तो वैसे भी आइंस्टाइन के बहुत घनिष्ठ संबंध थे। वे जब भी बर्लिन से लाइडेन आते तो उनके घर ही जाकर रुकते। वहाँ उन्हें अपनी पसंद का खाना मिलता। एहरेनफेस्ट व उसकी पत्नी दिल खोलकर आइंस्टाइन व एल्सा की आवभगत करते। आइंस्टाइन अकसर उनके घर के दरवाज़े पर दस्तक देते हुए कहा करते थे- **आदमी को एक बिस्तर, एक मेज, एक कुर्सी और एक वायलिन के अलावा और भला क्या चाहिए।**

चेकोस्लोवाकिया की यात्रा

अगले वर्ष सन् 1921 में आइंस्टाइन प्राग (चेकोस्लोवाकिया) की यात्रा पर गए। वहाँ की वैज्ञानिक संस्था 'यूरेनिया' (Urania) ने आइंस्टाइन को एक सभा में व्याख्यान देने के लिए आमंत्रित किया था। यह आयोजन फिलिप फ्रांक (Philip Frank) नामक दंपति की देखरेख में किया गया था। उन्होंने आइंस्टाइन का दिल से स्वागत किया। प्राग आकर वे एक बार फिर से अपनी पुरानी यादों में खो गए। जब वे यूरेनिया संस्था द्वारा आयोजित सभागार में व्याख्यान के लिए पहुँचे तो देखा कि हॉल श्रोताओं से खचाखच भरा हुआ था। वहाँ उनके अलावा कई अनेक विशेष अतिथि भी आए हुए थे। बारी-बारी सबने अपना भाषण देना शुरू किया। आइंस्टाइन की बारी आई तो उन्होंने पहले कोई भाषण न देकर अपने प्रिय वायलिन पर एक मधुर सी संगीत की धुन बजाई, जिसे सुनकर सब श्रोता मंत्रमुग्ध हो गए। उसके बाद उन्होंने अपने सिद्धांत पर भाषण दिया।

---

*उस समय के वैज्ञानिकों ने प्रकाश की गति के लिए विचित्र माध्यम की कल्पना की, जो सारे ब्रह्माण्ड में व्याप्त था, इसी माध्यम को ईथर नाम दिया गया।

ऑस्ट्रिया की यात्रा

आगे प्राग से वे विएना (ऑस्ट्रिया) चले गए। वहाँ एक विशाल संगीत सभागार में उनके व्याख्यान का आयोजन किया गया था। विएना के व्याख्यान के दौरान एक बहुत ही मज़ेदार घटना हुई। यहाँ आइंस्टाइन के ठहरने की व्यवस्था ऑस्ट्रियाई भौतिक विज्ञानी फेलिक्स एहरेनहाफ्ट (Felix Ehrenhaft) के साथ की गई थी। दोनों में किसी न किसी विषय को लेकर चर्चा चलती रहती। फेलिक्स एहरेनहाफ्ट की पत्नी चाहती थी कि आइंस्टाइन व्याख्यान देते समय बहुत स्मार्ट और आकर्षक लगें। इसका कारण था कि वह स्वयं ऑस्ट्रिया में महिलाओं की शिक्षा व्यवस्था का एक संगठन चलाती थी। उसने आइंस्टाइन द्वारा साथ लाई गई दो पैंटों में से एक पैंट को इस्तरी करवा दिया ताकि वे उसे पहनकर ही सभागार में आएँ। लेकिन आइंस्टाइन तो रोज़मर्रा के जीवन की भी कई बातें भूलते रहते थे। अपने इसी स्वभाव के कारण उस दिन वे वह पैंट पहनकर सभागार में आ गए, जिस पर इस्तरी नहीं करवाई गई थी।

यहाँ आइंस्टाइन ने तीन हज़ार श्रोताओं के सामने अपना व्याख्यान प्रस्तुत किया। अपने व्याख्यान के दौरान उन्होंने अपने सापेक्षता के सिद्धांत की बारीकियों से श्रोताओं को अवगत करवाया, साथ ही अपने कुछ पुराने दिनों के किस्से भी सुनाए।

अमेरिका की यात्रा

उसी वर्ष आइंस्टाइन को अमेरिका की यात्रा पर जाने का भी अवसर मिला। इस यात्रा का मुख्य उद्देश्य यहूदी राष्ट्रीय फंड तथा येरूशलम के हिब्रू विश्वविद्यालय के लिए धनराशि एकत्र करना था। वे 1 अप्रैल 1921 को न्यूयॉर्क पहुँचे तो बंदरगाह पर ही अनेक पत्रकारों तथा लोगों की भीड़ ने उन्हें घेर लिया। उनके लिए वहाँ से निकलना बहुत मुश्किल हो गया था। अमेरिका में अपने व्याख्यान में उन्होंने कहा –

'पिछले दो हज़ार वर्षों में यहूदियों की एकमात्र सामूहिक विरासत थी – उनका अतीत। यहूदियों ने बहुत मेहनत से अपनी परंपराओं तथा

विरासत को संभालकर रखा है। यहूदियों ने व्यक्तिगत तौर पर बहुत बड़े-बड़े कार्य किए हैं लेकिन ऐसा लगता है कि उनमें सामूहिक तौर पर कार्य करने की शक्ति नहीं बची है। किंतु अब सब कुछ बदलता जा रहा है। इतिहास हमें बताता है कि फिलिस्तीन के निर्माण के लिए यहूदियों ने एकजुट होकर महत्वपूर्ण भूमिका निभाई है। मैं पिछले कुछ समय से अमेरिका में हिब्रू विश्वविद्यालय के लिए कई साधन जुटाने के प्रयास में लगा हुआ हूँ। अमेरिका के डॉक्टर धन्यवाद के पात्र हैं, जिन्होंने चिकित्सा विभाग के लिए धनराशि जुटाने में अपना सहयोग दिया है। अब इस दिशा में बहुत जल्द कार्य शुरू किया जाएगा।'

वहीं पत्रकारों ने अपने सवालों के जाल में उन्हें लपेट लिया। उन्होंने उनसे सापेक्षता के सिद्धांत को थोड़े से ही वाक्यों में स्पष्ट करने को कहा। पत्रकारों का जवाब देते हुए उन्होंने बताया –

'यदि आप मेरे उत्तर को बहुत गंभीरता से नहीं लेंगे और इसे एक प्रकार का मज़ाक ही मानेंगे तो मैं इसके बारे में आपको बताता हूँ। पहले-पहल यह माना जाता था कि यदि इस संसार से सभी भौतिक वस्तुएँ गायब हो जाती हैं, तब भी आकाश और काल का अस्तित्त्व कायम रहेगा। किंतु सापेक्षता सिद्धांत के अनुसार वस्तुओं के गायब होने के साथ ही आकाश और काल भी गायब हो जाएँगे।'

आइंस्टाइन जब तक अमेरिका में रहे, तब तक रोज़ाना कहीं न कहीं व्याख्यान के लिए जाते रहे। उनके सबसे महत्वपूर्ण व्याख्यान प्रिंसटन विश्वविद्यालय में दिए गए थे। कहा जाता है कि ये व्याख्यान बहुत लंबे थे और सापेक्षता सिद्धांत की सबसे अच्छी व्याख्या करते हैं। इन्हें एक पुस्तक के रूप में भी प्रकाशित किया जा चुका है। अमेरिका यात्रा से वापस लौटने पर जर्मनी में उनके सिद्धांत को लेकर विरोधी ताकतों ने तेज़ी से अपनी प्रतिक्रियाएँ देना शुरू कर दीं। विदेशों में मिले सम्मान के कारण ये प्रतिक्रियाएँ और भी तेज़ी से फैलने लगीं।

सन् 1930 में इंग्लैंड यात्रा से लौटने के बाद दिसंबर, 1930 में वे एक बार पुन: अमेरिका की यात्रा पर रवाना हुए। वहाँ पासादेना (Pasadena)

नामक स्थान पर कैलिफोर्निया इंस्टीट्यूट ऑफ टेक्नोलॉजी (California Institute of Technology) में उन्हें बतौर अतिथि प्राध्यापक बनने के लिए आमंत्रित किया था। आइंस्टाइन ने उनका निमंत्रण स्वीकार कर लिया। इस यात्रा में एल्सा उनके साथ थी। वहाँ बंदरगाह पर उतरते ही पत्रकारों ने उनसे तरह-तरह के सवाल किए, जिसका जवाब देना उनके लिए भारी हो गया। वहाँ से अगले दिन वे पासादेना के लिए रवाना हुए, जहाँ उनके व्याख्यान का आयोजन किया गया था। पासादेना में कई स्थानों में समारोह तथा चर्चासत्रों का आयोजन किया गया था। उसमें अमेरिका के प्रसिद्ध भौतिकवेत्ता मिल्टन हुमासॉन (Milton Humason), एडविन हबल (Edwin Hubble), चार्ल्स जॉन, (Charles John), अल्बर्ट माकेलसन (Albert Michelson), वालेस कॉम्पबेल (Walace Campbell) तथा वाल्टेर सिडनी एडम्स (Walter Sidney Adams) आदि भी शामिल थे।

आइंस्टाइन तथा उनकी पत्नी एल्सा के लिए पर्यटन की व्यवस्था भी की गई थी। उन्होंने वहाँ के प्रसिद्ध गिरजाघर, पुरानी कलात्मक इमारतें, चूने के पत्थर से बनी मूर्तियाँ, विल्सन पर्वत पर बनी विशाल दूरबीन, कई पुराने कबीले आदि भी देखे। पासादेना में ही आइंस्टाइन के सम्मान में एक डिनर पार्टी (दावत) का आयोजन भी किया गया था। आइंस्टाइन इसे अपने जीवन के यादगार समारोहों में से एक मानते हैं। इस आयोजन में रॉबर्ट मिलिकान तथा अल्बर्ट माइकेलसन जैसे दिग्गज वैज्ञानिक भी शामिल हुए थे। पासादेना में ही आइंस्टाइन की मुलाकात चार्ली चैप्लिन (Charlie Chaplin) से भी हुई। उन्हें तथा उनकी पत्नी को चार्ली चैप्लिन की आनेवाली फिल्म सिटी लाइट्स (City Lights) के लिए लॉस एंजिल्स जाने का मौका मिला। वहाँ दर्शक आइंस्टाइन को पहचानते थे, अत: उन्होंने आइंस्टाइन को चार्ली चॅप्लिन के साथ देखकर ज़ोर-ज़ोर से तालियाँ बजानी शुरू कर दीं।

फ्रांस की यात्रा

मार्च 1922 को उन्होंने फ्रांस में अपना व्याख्यान दिया। उनके मित्र पॉल लांगेविन के प्रयत्नों के फलस्वरूप उन्हें पेरिस यात्रा का मौका

मिला। वे कॉलेज दे फ्रांस (College de France) के निमंत्रण पर पेरिस यात्रा पर गए। वहाँ कुछ इस प्रकार की स्थिति बन आई थी कि कुछ उग्र प्रदर्शनकारियों के कारण उन्हें छिपाकर रेलवे स्टेशन से बाहर निकाला गया और संस्थान में लाया गया। शाम के समय जब वे तैयार होकर सभागार में पहुँचे तो देखा कि वहाँ बहुत कम संख्या में श्रोता उपस्थित थे। उनमें अधिकतर विद्यार्थी थे तथा कुछ वैज्ञानिक और भौतिक जगत से संबंध रखनेवाले विशिष्ट व्यक्ति थे। बाद में पता लगा कि लांगेविन ने केवल उन्हीं लोगों को आमंत्रित किया था, जिन्हें वास्तव में आइंस्टाइन तथा उनके सिद्धांत में दिलचस्पी थी।

वहाँ आइंस्टाइन ने अपने सिद्धांत को विस्तार से श्रोताओं के सामने रखा। उन्होंने कई गणितज्ञों के साथ चर्चा भी की, जो कि सूत्रों की बातें तो करते हैं किंतु सापेक्षता सिद्धांत के सार को नहीं समझते। उनका कहना था कि 'वे लोग मात्र सतही संबंधों की ओर ध्यान देते हैं, परंतु गणित के संकेतों द्वारा व्यक्त भौतिक वास्तविकताओं पर बिलकुल भी नहीं सोचते।' वहीं पॉल पेनलेव (Paul Painleve) नाम के एक गणितज्ञ ने उनकी प्रतिभा की प्रशंसा तो की किंतु उन्होंने सापेक्षता के सिद्धांत की बुनियादी मान्यताओं की बुरी तरह धज्जियाँ उड़ाई।

चौथे दिन फ्रांस में 'फ्रांसिसी दर्शन सोसाइटी' में उनके व्याख्यान का आयोजन किया गया। इस सभा में फ्रांस के बहुत बड़े दार्शनिक- आँरी बर्गसाँ भी उपस्थित थे, उन्हें नोबेल पुरस्कार से भी सम्मानित किया जा चुका था। यह वही व्यक्ति थे, जिनके साथ कभी आइंस्टाइन की 'काल' की धारणा को लेकर बहस हो चुकी थी।

जापान की यात्रा

पिछले काफी समय से आइंस्टाइन को बार-बार जापान आने का निमंत्रण मिल रहा था। लेकिन अपने व्यस्त कार्यक्रमों के चलते वे इस ओर सोच भी नहीं सकते थे। जापान के कई संस्थान उनका व्याख्यान सुनना चाहते थे। पेरिस से वापस आते ही आइंस्टाइन ने जापान का निमंत्रण स्वीकार कर लिया और 10 अक्तूबर 1922 को एल्सा सहित

जापान पहुँच गए। वे अभी समुद्री जहाज़ पर ही थे कि उन्हें समाचार मिला कि उन्हें वर्ष 1921 के लिए भौतिक क्षेत्र में अपने कार्य के लिए नोबेल पुरस्कार दिया जा रहा है। जापान की एक पब्लिशिंग कंपनी ने उनके ठहरने का इंतज़ाम किया। वहाँ सभी स्थानों पर उनका भव्य स्वागत किया गया। अनेक संस्थानों ने चर्चासत्रों का आयोजन किया। उनके द्वारा कहे गए एक-एक शब्द का जापानी भाषा में अनुवाद किया जा रहा था।

आइंस्टाइन जापान के कई शहरों में घूमे तथा वहाँ के वातावरण ने उन्हें बहुत प्रभावित किया। वे जापान में बच्चों के लिए आयोजित एक चर्चासत्र में भी गए, जहाँ उन्होंने बच्चों को ज्ञान रूपी धरोहर को बचाकर रखने को कहा ताकि बड़े होकर वे अपनी ओर से उसमें कुछ नया जोड़कर, उसे आगे अपने बच्चों को सौंप सकें। आइंस्टाइन लगभग दो महीने तक जापान में रहे और 29 दिसंबर 1922 को वहाँ से विदा ली। जापान यात्रा के अनुभवों में वे इस बात की पुष्टि करते हैं कि 'जापान के लोग शिष्टाचार में सबसे आगे हैं। उनका आचरण अत्यंत सम्मानजनक है। यहाँ के लोग कला प्रेमी तो हैं ही साथ ही साथ बुद्धि के भी धनी हैं।'

फिलिस्तीन की यात्रा

जापान के बाद आइंस्टाइन दंपति फिलिस्तीन की ओर रवाना हुए। वहाँ उनके रहने की व्यवस्था ब्रिटिश उच्चायुक्त के यहाँ की गई। उनका भव्य स्वागत किया गया तथा राजकीय सम्मान के साथ प्रत्येक समारोह तथा चर्चासत्रों में ले जाया गया। वहाँ उन्हें सम्मान देने तथा उनका सत्कार करने के लिए कई ऐसी औपचारिकताएँ भी निभाई जाती थीं, जिनके लिए आइंस्टाइन मानसिक रूप से तैयार नहीं होते थे। इन्हीं औपचारिकताओं के कारण उनकी पत्नी एल्सा कभी-कभी घबरा जाती थीं। वे अकसर अपने पति से कहा करतीं कि 'मुझे इन सब चीज़ों की आदत नहीं है।' तो आइंस्टाइन हँसकर उत्तर देते कि 'कोई बात नहीं। थोड़े ही समय की बात है। कुछ ही दिनों में हम वापस अपने घर पहुँच जाएँगे।'

आइंस्टाइन के व्याख्यानों में उनके सापेक्षता सिद्धांत की चर्चाएँ

होतीं। उन्होंने येरूशलम के हिब्रू विश्वविद्यालय, तेल अबीब तथा अन्य कई स्थानों पर जाकर अपने व्याख्यान दिए। उनके व्याख्यानों को सुनने के लिए भारी संख्या में विद्यार्थी वर्ग, भौतिकी जगत से जुड़े कई भौतिकवेत्ता, दार्शनिक, वैज्ञानिक तथा राजनिति से जुड़े व्यक्ति आते थे। उन्हें हिब्रू विश्वविद्यालय में एक पद ग्रहण करने का प्रस्ताव भी दिया गया, जिसे लेने से उन्होंने इनकार कर दिया।

दक्षिण अमेरिका की यात्रा

सन् 1925 में आइंस्टाइन को अर्जेंटीना की राजधानी ब्यूनस एयर्स (Buenos Airs) के विश्वविद्यालय से आमंत्रण मिला। अमेरिका जाने से पूर्व न्यूयार्क के एक विद्वान को जब पता लगा कि आइंस्टाइन व्याख्यान देने के लिए अमेरिका जा रहे हैं तो जर्मनी में आइंस्टाइन को तार भेजकर पूछा, 'क्या आप ईश्वर में विश्वास करते हैं?'

आइंस्टाइन ने अपने उत्तर में लिखा, 'मैं स्पिनोजा (Spinoza) के उस ईश्वर में विश्वास करता हूँ, जो सभी प्राणियों में समान रूप से प्रकट होता है। मैं मनुष्यों के भाग्य तथा कार्यकलापों से दिलचस्पी रखनेवाले ईश्वर में कतई विश्वास नहीं रखता।'

उनका कहना था कि यदि कोई व्यक्ति किसी सवाल का उत्तर बहुत सरल तरीके से दे देता है तो समझिए कि यह उत्तर ईश्वर ने दिया है।

उनकी यह यात्रा तीन महीने की लंबी यात्रा थी, जिसमें एल्सा उनके साथ नहीं गईं। इस यात्रा के दो मुख्य उद्देश्य थे - पहला अपने सापेक्षता सिद्धांत के बारे में व्याख्यान देना तथा दूसरा, अपने यहूदी समुदाय के लोगों से मिलना। कहते हैं कि 20 दिनों की यह समुद्री यात्रा उनके लिए बहुत मुश्किल से कटी। एल्सा के साथ न होने से भी उन्हें कुछ नीरस लग रहा था। ब्यूनस पहुँचकर उन्होंने अपना व्याख्यान दिया। अनेक विद्वानों ने उनके सिद्धांत की चर्चा की तथा उसे अपना समर्थन भी दिया। आइंस्टाइन ने कई यहूदी संगठनों से मुलाकात की तथा उनसे विभिन्न अंतर्राष्ट्रीय विषयों पर चर्चा की।

ब्यूनस से अपना कार्य समाप्त करके वे ब्राजील भी गए। वहाँ के कुछ वैज्ञानिक उनके सिद्धांत को मानने से इनकार कर रहे थे। दक्षिण अमेरिका की इस यात्रा ने उनकी दिनचर्या को बुरी तरह से अस्त-व्यस्त कर दिया था, जिससे वे बुरी तरह से थक गए थे। यात्रा से वापस आते समय उन्होंने पूरा आराम किया और अपने आपको थका देनेवाले मानसिक कार्यों से दूर रखा।

स्विट्ज़रलैंड की यात्रा

आइंस्टाइन कई बार अपने व्याख्यानों के लिए स्विट्ज़रलैंड के कई इलाकों में गए। आइंस्टाइन के कुछ लोकप्रिय वैज्ञानिक व्याख्यानों ने हर जगह विज्ञान जगत में उनके योगदान की अच्छी छाप छोड़ दी थी। अब वे परोपकारी कार्यों के लिए भी अपने व्याख्यान दिया करते थे। स्विट्ज़रलैंड में एल्पस (Alps) पर्वत के डेवोस (Devos) नाम के एक पर्वतीय स्थल पर भी उन्होंने अपना व्याख्यान दिया। वे कई बार डेवोस आ चुके थे। डेवोस को एक स्वास्थ्यवर्धक स्थल के तौर पर जाना जाता है। यहाँ तपेदिक (क्षयरोग) से ग्रस्त रोगियों का इलाज किया जाता है, जिसके लिए यहाँ कई सैनेटोरियमों की स्थापना की गई है। ऐसे रोगियों को एक अंतर्राष्ट्रीय विश्वविद्यालय स्तर के पाठ्यक्रम की जानकारी प्रदान की जाती थी। आइंस्टाइन का कहना था-

'लोगों की निःस्वार्थ भाव से सेवा किए बिना जीवन में कुछ भी हासिल नहीं किया जा सकता। जब कोई व्यक्ति बलिदानस्वरूप कोई कार्य करता है तो वह उसे एक लक्ष्य के रूप में निर्धारित करता है तथा ऐसा करने में उसे असीम आनंद की अनुभूति होती है। मैंने यहाँ आकर देखा कि मरीज़ों का इलाज एक अच्छी सोची-समझी प्रक्रिया तथा बुद्धिमत्ता के साथ किया जा रहा है। बहुत से लोग ऐसे भी हैं, जो डेवोस के लुभावने वातावरण से आकर्षित होकर यहाँ आते हैं तथा कुछ समय बिताकर वापस चले जाते हैं। लेकिन वे लोग जो यह सोचकर यहाँ आते हैं कि यहाँ के प्राकृतिक वातावरण में रहकर अपना इलाज करवाएँगे तथा स्वास्थ्य-लाभ प्राप्त करेंगे, उनके लिए अपने कार्य से दूर रहना और

अपने–आपको ठीक होने के लिए संघर्ष करना अपने आपमें बहुत बड़ा कार्य है। जब कोई मरीज़ ठीक होकर वापस अपने काम पर जाता है तो उसे यहाँ के वातावरण से निकलकर पुन: अपने पुराने वातावरण में जाकर अपने आपको उसके अनुकूल बनाने में बहुत कठिनाई होती है।'

इंग्लैंड की यात्रा

आइंस्टाइन सन् 1930 में दो बार इंग्लैड की यात्रा पर गए। वे वहाँ जाकर आर्थर एडिंगटन से भी मिले तथा उनसे विभिन्न विषयों पर विचार–विमर्श किया। भौतिकवेत्ता आर्थर एडिंगटन (Arthur Eddigton) ने 1919 के खग्रास सूर्य ग्रहण के दौरान पहली बार प्रकाश के गुरुत्वीय विपथन (Gravitational Light aberration) की जानकारी प्राप्त की थी।

आइंस्टाइन को इसी यात्रा के दौरान कैम्ब्रिज विश्वविद्यालय की ओर से 'डॉक्टरेट' की मानद उपाधि से सुशोभित किया गया।

इस प्रकार अपनी हर यात्रा में आइंस्टाइन ने सापेक्षता सिद्धांत को लोगों के सामने सरलता से खोलकर रखा। अब इस सिद्धांत को समझने में आनेवाली कठिनाइयाँ थोड़ी कम हो गईं।

17
नोबेल पुरस्कार

स्वीडन के वैज्ञानिक अल्फ्रेड नोबेल ने कुल 355 आविष्कार किए। अपनी मृत्यु से पहले उन्होंने अपनी विपुल संपत्ति का बड़ा हिस्सा एक संस्था के लिए सुरक्षित रख दिया था। उनकी इच्छा थी कि इस पैसे के ब्याज़ से हर साल उन लोगों को सम्मानित किया जाए, जिनका काम मानव जाति के लिए सबसे कल्याणकारी पाया जाए। फिर 29 जून 1900 को नोबेल फाउण्डेशन की स्थापना हुई और अल्फ्रेड नोबेल की याद में वर्ष 1901 से नोबेल पुरस्कार दिया जाने लगा। यह पुरस्कार शांति, साहित्य, भौतिकी, रसायन, चिकित्सा विज्ञान और अर्थशास्त्र के क्षेत्र में विश्व का सर्वोच्च पुरस्कार है। इस पुरस्कार के रूप में प्रशस्ति पत्र के साथ 14 लाख डॉलर की राशि प्रदान की जाती है।

अल्बर्ट आइंस्टाइन को नोबेल पुरस्कार देने की घोषणा उसी समय कर दी गई थी जब वे जापान की यात्रा पर थे। उन्हें नोबेल पुरस्कार देने पर काफी समय से चर्चा चल रही थी लेकिन उनके सापेक्षता के सिद्धांत के लिए, बहुत से आलोचकों की ओर से मतभेद होने के डर से मामला अटका हुआ था। इसी कारणवश स्वीडिश अकादमी की ओर से कोई ठोस कदम नहीं उठाए जा रहे थे। आखिरकार अल्फ्रेड नोबेल (Alfred Nobel) की शर्तों के अनुसार आइंस्टाइन का नाम उनके भौतिक क्षेत्र में योगदान तथा 'प्रकाश विद्युत प्रभाव' के नियम की खोज के लिए नोबेल पुरस्कार

के लिए घोषित किया गया।

आइंस्टाइन ने भौतिकी के क्षेत्र में तीन महत्वपूर्ण विषयों में अपना योगदान दिया था। उनमें से एक प्रकाश विद्युत प्रभाव था, जिसमें उन्होंने इस बात की पुष्टि की थी कि प्रकाश ऊर्जा का संचरण सूक्ष्म कणों के रूप में होता है। ऊर्जा के ही इन सूक्ष्म कणों को आगे चलकर 'फोटॉन' का नाम दिया गया।

आइंस्टाइन द्वारा की गई प्रकाश विद्युत प्रभाव की खोज वास्तव में एक अद्‌भुत खोज थी। इसे अमेरिका के एक वैज्ञानिक रॉबर्ट मिलिकान (Robert Milicon) ने अपने कुछ सार्थक प्रयोगों द्वारा स्पष्ट कर दिया था। प्रकाश विद्युत प्रभाव की खोज ने आगे चलकर क्वांटम सिद्धांत के शोधकार्य करने में बहुत मदद की। आज की दुनिया की स्पेक्ट्रोस्कोपी, टेलिविजन, प्रकाश विद्युत सेल तथा लेसर जैसी तकनीकें इसी सिद्धांत पर कार्य करती हैं।

पुरस्कार वितरण समारोह अल्फ्रेड नोबेल के जन्मदिन के अवसर पर दिसंबर में होना था। इस बीच आइंस्टाइन की नागरिकता का सवाल खड़ा हो गया। जर्मनी ने उन्हें अपना नागरिक बताया, जबकि स्विटज़रलैण्ड ने अपना नागरिक होने का दावा किया। अब स्वीडिश अकादमी के सामने समस्या यह थी कि पुरस्कार वितरण के समय राजा के साथ उस देश के राजदूत को उपस्थित होना होता था, जिस देश के नागरिक को पुरस्कार दिया जा रहा हो। स्वीडन के राजा स्वयं समारोह में राजकीय बुके प्रदान करते थे। आइंस्टाइन पुरस्कार लेने के लिए जापान से स्वीडन की यात्रा रेल मार्ग से कर रहे थे। वे समारोह में समय पर नहीं पहुँच पाए इसलिए उनकी अनुपस्थिति में नोबेल पुरस्कार जर्मनी के राजदूत ने स्वीकार किया। बाद में उन्होंने यह पुरस्कार आइंस्टाइन को दिया।

बहुचर्चित नोबेल पुरस्कार विजेता भौतिक वैज्ञानिक मैक्स बोर्न (Max Born) ने आइंस्टाइन की प्रशंसा करते हुए कहा है, '**आइंस्टाइन यदि सापेक्षता सिद्धांत के बारे में एक शब्द भी न लिखते तो भी वे विश्व के सर्वश्रेष्ठ भौतिकवेत्ता माने जाते।**'

आइंस्टाइन रोज़मर्रा के जीवन की कई सारी बातें भूलते रहते थे। एक बार उन्हें एक फॉर्म पर स्वयं को मिले सम्मानों का विवरण दर्ज करना था। लेकिन उसमें भी वे नोबेल पुरस्कार का ज़िक्र करना भूल गए। लेकिन जहाँ पर ज़िम्मेदारी की बात आती है तो वे नहीं भूलते। उदाहरणस्वरूप जब आइंस्टाइन ने अपनी पहली पत्नी मिलेवा को तलाक दिया था तब उसे निर्वाह धन के रूप में नोबेल पुरस्कार से प्राप्त होनेवाली राशि देने का वादा किया था। अपने वादे के अनुसार आइंस्टाइन ने नोबेल पुरस्कार में मिली सारी राशि मिलेवा को दे दी। इतना बड़ा पुरस्कार मिलने के बावजूद उनकी जीवनशैली में सादापन था।

महान संगीतज्ञ आइंस्टाइन –

स्वीडन से बर्लिन वापस आने के बाद आइंस्टाइन अपने व्याख्यानों में पहले से भी अधिक व्यस्त हो गए। एक बार उन्हें किसी संस्थान द्वारा आयोजित संगीत सभा में भाग लेने के लिए आमंत्रित किया गया। यह कार्यक्रम मध्य जर्मनी के एक शहर में आयोजित किया गया था। कार्यक्रम अपने निर्धारित समय पर शुरू हो गया। कुछ समय पश्चात जब आइंस्टाइन की बारी आई तो श्रोताओं में बैठे किसी अखबार के रिर्पोटर युवक ने अपने साथ बैठी एक महिला से पूछा, 'स्टेज पर जो सज्जन वायलिन बजा रहे हैं, वे कौन हैं?'

महिला ने उस नवयुवक रिर्पोटर को हैरानी से देखा और उत्तर दिया, 'अरे! कमाल है, आप इन्हें नहीं जानते। इनका नाम अल्बर्ट आइंस्टाइन है।'

बस फिर क्या था! अगले ही दिन अखबार में आइंस्टाइन को 'अद्वितीय वायलिन वादक', 'महान संगीतज्ञ अल्बर्ट आइंस्टाइन' तथा न जाने किन-किन नामों की उपाधि दी गई थी। लोग आइंस्टाइन की इस खबर को देखकर खूब हँसने लगे। स्वयं आइंस्टाइन भी अखबार में छपी इस खबर को देखकर अपनी हँसी रोक न सके और अखबार का वह पेज काटकर अपनी जेब में रख लिया। वे अगले कई दिनों तक इसे अपने परिचितों तथा मित्रों को दिखाते रहे और कहते, 'अरे! देखो तो! तुम सब

क्या समझते हो कि मैं कोई वैज्ञानिक हूँ? मैं कोई वैज्ञानिक नहीं, मैं तो महान संगीतकार हूँ। एक प्रसिद्ध वायलिन वादक।'

विश्व में शांति स्थापित करने के लिए अल्बर्ट आइंस्टाइन निरंतर प्रयासरत रहे। उन्होंने कई सामाजिक मुद्दों को सुलझाने के लिए पहल भी की थी। आइंस्टाइन का कहना था कि 'सभी धर्मों, कलाओं और विज्ञानों का उद्देश्य मानव जीवन को उदात्त बनाना है, उसे उसके भौतिक अस्तित्व के दायरे से उठाकर वैयक्तिक स्वतंत्रता की ओर प्रेरित करना है।'

अल्बर्ट आइंस्टाइन

18

आइंस्टाइन के जीवन के 50 वर्ष

आइंस्टाइन अपने व्याख्यानों के लिए कई बार डेवोस जाते रहते थे। वे समय-समय पर वहाँ जाकर तपेदिक (क्षयरोग Tuberculosis) के मरीज़ों को बौद्धिक शिक्षा देने का कार्य करते, जिससे उन्हें बहुत सुकून मिलता। लेकिन एक बार ऐसा हुआ कि डेवोस की यात्रा के पश्चात वे स्वयं बीमार हो गए और उन्हें हृदय रोग हो गया। वैसे भी उनका बाहर आना-जाना पहले से अधिक बढ़ता जा रहा था और उनकी आयु भी 50 के लगभग होनेवाली थी। एक बार अपना सामान उठाते समय उनकी तबीयत बिगड़ गई और वे काफी दिनों तक बिस्तर पर रहे। अत: एल्सा ने उनके लिए एक सेक्रेटरी की व्यवस्था कर दी जो स्थायी रूप से उनके कार्य में उनकी देखरेख किया करती थी। उसका नाम था हेलेन डुकास (Helen Dukas) जो अब हमेशा उनके साथ रहती तथा उनकी सहायिका के रूप में कार्य करती। एक सेक्रेटरी के रूप में उसे जो कार्य दिए जाते, वह बड़ी कुशलता से सारे कार्य संभालती। हेलेन डुकास ने एक सह लेखक के साथ मिलकर आइंस्टाइन के जीवन पर 'अल्बर्ट आइंस्टाइन-द ह्यूमन साइड' (Albert Einstein – The Human Side) नाम की एक पुस्तक का लेखन भी किया था।

आइंस्टाइन 14 मार्च 1929 को अपने जीवन के 50 वर्ष पूरे करने जा रहे थे। ऐसे में बर्लिन की नगर निगम ने यह फैसला लिया कि उन्हें

पास के किसी स्थान में एक मकान के लिए ज़मीन उपहारस्वरूप भेंट दी जाए। उन्हें ज़मीन का चुनाव करने में थोड़ी परेशानी हो रही थी, जिसका कारण था कि वह ज़मीन वहाँ की नगर निगम के दायरे से बाहर आ रही थी। आइंस्टाइन ने उन अधिकारियों से कहा कि वे स्वयं ही अपनी पसंद की भूमि का चुनाव कर लेंगे। उन्होंने बर्लिन से कुछ किलोमीटर की दूरी पर पोट्सडॉम (Postdam) नाम के एक स्थान में कापुथ (Caputh) गाँव में एक ज़मीन पसंद की तथा आवश्यक अनुबंध के पश्चात वहाँ निर्माण कार्य आरंभ हो गया। किंतु कुछ ही समय बाद उस ज़मीन को लेकर विवाद हो गया, जिसके फलस्वरूप आइंस्टाइन ने ज़मीन को उपहारस्वरूप लेने से मना कर दिया और उसका सारा भुगतान अपनी जेब से किया। उस पर बननेवाले मकान का पैसा भी अपने पास से लगाया। इससे उनकी आर्थिक स्थिति बहुत कमज़ोर हो गई थी।

उनके 50 वें जन्मदिन का आयोजन बर्लिन के पास एक झील के किनारे के स्थान पर किया गया था। वे नहीं चाहते थे कि ऐसे अवसर पर भी वे फोटोग्राफरों तथा पत्रकारों से घिरे रहें। अत: उनके 50 वें जन्मदिन के आयोजन की व्यवस्था इस प्रकार से की गई थी, जिससे किसी पत्रकार को इसकी खबर न मिल पाए। इस आयोजन में गिनती के लोगों को आमंत्रित किया गया। उन्हें विश्वभर के लोगों से शुभ कामना संदेश तथा बधाई पत्र प्राप्त हुए। कई संस्थानों ने उन्हें बधाई तथा भेंटस्वरूप सम्मान भी दिया। मैम्स प्लांक ने भी एक **'प्लांक पदक'** उपहार के रूप में उन्हें भेंट में दिया।

कुछ ही समय पश्चात कापुथ स्थित उनके मकान का निर्माण कार्य पूरा हो गया और आइंस्टाइन का पूरा परिवार वहाँ रहने चला गया। उनके साथ उनकी पत्नी एल्सा, दोनों बेटियाँ इल्से और मारगॉट, इल्से का पति रूडोल्फ कायेसर, उनकी सेक्रेटरी हेलेन डुकास, नौकरानी हेरटा तथा गणितिज्ञ मित्र डॉक्टर वाल्टेर मायेर (Dr. Walter Mayer) थे। नए मकान में आकर वे सब खुश थे। इस मकान में आने के बाद उन्हें बड़ी-बड़ी हस्तियाँ बधाई देने आईं, जिनमें पॉल लांगेविन, मैक्स फॉन

लाउए, लिओ झीलार, मैक्स प्लांक, वाल्थेर नेर्नस्ट, श्रोडिंगेर, मैक्स बोर्न तथा फ्रिट्ज हाबेर जैसे बड़े-बड़े वैज्ञानिक प्रमुख थे। इसके अलावा कई समाज सुधारक, शिक्षाविद्, भौतिकवेत्ता, साहित्यकार व नामचीन व्यक्ति उनके यहाँ आते-जाते रहते थे।

आइंस्टाइन आसपास के इलाकों में जाने के लिए बस अथवा ट्रेन से यात्रा किया करते थे। चूँकि कापुथ का इलाका शहर की भीड़ से हटकर बहुत ही शांत वातावरण में स्थित था। अत: आइंस्टाइन को अपने अध्ययन तथा बाकी के कार्यों के लिए यह स्थान बहुत पसंद आया।

अल्बर्ट आइंस्टाइन

19

गुरुदेव रबीन्द्रनाथ टैगोर से मुलाकात

रबीन्द्रनाथ टैगोर को उम्र के बावनवें साल (1912) में साहित्य के लिए नोबेल पुरस्कार प्राप्त हुआ तो आइंस्टाइन को उम्र के तैतालिसवें साल (1922) में भौतिक विज्ञान के लिए नोबेल पुरस्कार प्राप्त हुआ। आइंस्टाइन रबीन्द्रनाथ से अठारह साल छोटे थे। इन दो दिग्गजों की कम से कम तीन बार मुलाकातें हुईं। पहले विश्वयुद्ध से पूर्व सन 1912 में रबीन्द्रनाथ टैगोर यूरोप गए थे तब उनकी आइंस्टाइन से पहली बार मुलाकात हुई थी। वह दिन अपने आपमें एक ऐतिहासिक दिन था, जब दो विश्वविख्यात महापुरुषों के बीच कई विषयों को लेकर चर्चा हुई।

इन दो महामानवों की हुई पहली मुलाकात में चर्चा का विषय था – सत्य और सुंदरता का अस्तित्त्व क्या मानव से अलग, मानवरहित हो सकता है? रबीन्द्रनाथ का पक्का कहना था कि 'सत्य और सुंदरता के बारे में मानव के बिना सोचा ही नहीं जा सकता।' इस बारे में आइंस्टाइन का तर्क था कि 'सौंदर्य के बारे में रबीन्द्रनाथ टैगोर की भूमिका मुझे मान्य है लेकिन सत्य के बारे में अमान्य है। वैज्ञानिक सत्य मानव से अलग होने की बात अभी तक साबित नहीं की जा सकी है। इसके बावजूद आइंस्टाइन का उसमें प्रगाढ़ विश्वास था। दोनों दिग्गज अपने-अपने विश्वासों पर कायम रहे। उपर्युक्त विषय पर दोनों में काफी मतभेद थे। लंबे समय तक चली इस चर्चा को जनवरी, 1931 में प्रकाशित भी किया गया था।

14 जुलाई 1930 में कापुथ में रबीन्द्रनाथ टैगोर ने आइंस्टाइन के साथ उनके निवास पर जाकर मुलाकात की। यह उनकी दूसरी भेंट थी। आइंस्टाइन रबीन्द्रनाथ को 'रब्बी गुरु' कहा करते थे। हिब्रू भाषा में रब्बी गुरु का अर्थ होता है 'मेरे गुरु।' एक बार यात्रा के समय जब उनका जहाज़ कोलंबो बंदरगाह पर रुका तब उन्होंने अपनी सेक्रेटरी हेलन डुकास से कहा कि 'काश! मैं कुछ दिन भारत में भी गुज़ारता तो एक बार पुनः रब्बी गुरु से भेंट हो जाती।' लेकिन भारत आने की उनकी इच्छा उस समय पूरी न हो सकी।

आइंस्टाइन उस समय के भारतीय स्वतंत्रता संग्राम के अग्रणी म हात्मा गांधीजी से बहुत प्रभावित थे। उन्हें गांधीजी की अहिंसा नीति बहुत पसंद थी। गांधीजी की मृत्यु पर आइंस्टाइन ने कहा था कि 'आनेवाली पीढ़ियाँ इस बात पर विश्वास नहीं करेंगी कि इस प्रकार का व्यक्ति हाड़-मांस के पुतले के रूप में इस पृथ्वी पर विचरण करता था।'

आइंस्टाइन को भारतीय दर्शन में भी गहरी रुचि थी। वे भारत के महान ग्रंथ भगवद्गीता से भी काफी प्रभावित थे। वे गीता के श्लोक 'कर्मणेयवाधिकारस्ते, मां फलेषु कदाचन' को बहुत मानते थे।

अल्बर्ट आइंस्टाइन और गुरुदेव रबीन्द्रनाथ टैगोर

20
हिटलर का शासन

सन् 1932 की दूसरी काल्टेक यात्रा के पश्चात आइंस्टाइन वापस बर्लिन लौटे तो देखा कि जर्मनी में परिस्थितियाँ बहुत बदल रहीं थीं। उन्होंने देखा कि जर्मनी की पूंजीवादी शक्तियाँ हिटलर के सत्ता में आने के लिए उसका मार्ग खोल रही हैं। उन्होंने अपने कुछ परिचितों के साथ विचार-विमर्श किया तथा सोच लिया कि अब उनके लिए जर्मनी में रहना कठिन है।

प्रथम विश्व युद्ध में सम्राट विलहेल्म-2 को सत्ता से हटा दिया गया तथा जर्मनी एक गणराज्य के रूप में उभरा। इस विश्व युद्ध ने जर्मनी को बुरी तरह से तहस-नहस कर दिया था, जिससे इस देश की अर्थ व्यवस्था बुरी तरह से अस्त-व्यस्त हो गई थी। मज़दूर वर्ग की दशा अत्यंत दयनीय हो गई तथा राजनितिक अधिकारों पर कई तरह की पाबंदियाँ लगा दी गईं। जर्मनी शासन का उद्देश्य अपनी हार का बदला लेना था और वह इसके लिए युद्ध की तैयारी करने लगा। सन् 1928 में एडोल्फ हिटलर के नेतृत्व में नाज़ी पार्टी जनता के बीच तेज़ी से अपना प्रभुत्व जमा रही थी। सन् 1933 के चुनावों में नाज़ी पार्टी को बहुमत मिला, जिससे जर्मनी में नाज़ी पार्टी की सरकार बनी। हिटलर को प्रधानमंत्री बनाया गया तथा हिंडेनबर्ग राष्ट्रपति थे। लेकिन दुर्भाग्यवश अगले ही वर्ष सन् 1934 में राष्ट्रपति हिंडेनबर्ग की मृत्यु हो गई, जिसके फलस्वरूप प्रधानमंत्री

(चांसलर) तथा राष्ट्रपति पद एक कर दिए गए। नतीजा यह हुआ कि हिटलर जर्मनी का तानाशाह बन गया।

उस समय आइंस्टाइन तीसरी बार काल्टेक की यात्रा पर थे। उन्हें इस बात का अनुमान हो गया था कि अब उनका जर्मनी में रहना बहुत मुश्किल है। वे सन् 1933 में जर्मन राजदूत के पास गए और उनसे विचार-विमर्श किया। वे जर्मनी वापस न लौटने का निर्णय ले चुके थे। अत: उन्होंने खुले तौर पर इस बात की घोषणा भी कर दी, जिसके अंतर्गत उन्होंने ऐलान किया -

'मेरी जब तक मरज़ी रहेगी, मैं तब तक ही जर्मनी में रहूँगा, जहाँ राजनीतिक स्वतंत्रता, सहिष्णुता और कानून के समक्ष सभी नागरिक एक समान हैं। राजनीतिक स्वतंत्रता से अभिप्राय है, अपने राजनैतिक विचारों को मौखिक और लिखित तरीके से प्रस्तुत करने की आज़ादी। सहिष्णुता का अर्थ है प्रत्येक मनुष्य के विचारों का आदर करना, जबकि इस समय जर्मनी में इस प्रकार की परिस्थितियाँ नहीं हैं।'

वे जब यूरोप वापस लौटे तो बर्लिन न जाकर समुद्र तट पर बसे 'ले कॉक सुर मेर' नामक स्थान पर जाकर बस गए। यहाँ उन्होंने अपने लिए अंगरक्षकों की भी व्यवस्था कर ली। उच्च अधिकारियों ने वहाँ के स्थानीय निवासियों को सख्त निर्देश दे दिए कि किसी भी बाहरी व अनजान व्यक्ति को आइंस्टाइन के बारे में कोई जानकारी न दें।

जर्मनी में नाज़ी पार्टी के नेतृत्व में हिटलर ने जर्मन संसद को भंग कर दिया, साम्यवादी दल को गैरकानूनी घोषित कर दिया और राष्ट्र को स्वावलंबी बनने के लिए ललकारा। नाज़ी दल के विरोधी व्यक्तियों को जेलखानों में डाल दिया गया। कार्यकारिणी और कानून बनाने की सारी शक्तियाँ हिटलर ने अपने हाथों में ले लीं। 1934 में उन्होंने स्वयं को सर्वोच्च न्यायाधीश घोषित कर दिया। आइंस्टाइन के अचानक गायब हो जाने से नाज़ी गुप्तचरों ने उनकी खोजबीन आरंभ कर दी और यहाँ-वहाँ लोगों से पूछताछ शुरू कर दी। एल्सा को पता चला तो वह भी घबरा गई क्योंकि वह जानती थी कि यदि नाज़ी गुप्तचरों को आइंस्टाइन के ठिकाने

का पता चल गया तो उनका अपहरण हो सकता है या वे उन्हें मौत के घाट उतार सकते हैं। वह समय आइंस्टाइन और उनके परिवार के लिए अत्यंत कठिनाई का समय था। उनके जर्मनी वापस न आने के निर्णय से नाज़ी पुलिस ने उनके कापुथ स्थित निवास पर छापा मारा, उनकी सारी संपत्ति, कागज-पत्र, बैंक खाते, सेफ डिपॉजिट आदि ज़ब्त कर ली और आइंस्टाइन के सारे पत्र व पुस्तिकाएँ आग में जला दीं। इस घटना के कुछ दिनों बाद बर्लिन के स्टेट अपेरा हाऊस (State Opera House) के सामने उनके अनेक दस्तावेज़ों तथा सापेक्षता सिद्धांत से संबंधित कई लेखों को सार्वजनिक रूप से जला दिया गया। यही नहीं, नाज़ी सरकार ने उनके लिए 1000 अमेरीकी डॉलर का ईनाम भी घोषित कर दिया।

धीरे-धीरे नाज़ी दल का आतंक जनजीवन के प्रत्येक क्षेत्र में छा गया। 1933 से 1938 तक लाखों यहूदियों की हत्या कर दी गई। नवयुवकों में राष्ट्रपति के आदेशों का पूर्ण रूप से पालन करने की भावना भर दी गई और जर्मन जाति का भाग्य सुधारने के लिए सारा कार्यभार अपने ऊपर ले लिया।

आइंस्टाइन भी भली-भाँति जान गए कि नाज़ी सरकार आज नहीं तो कल, उन्हें गिरफ्तार कर ही लेगी और उन्हें प्राशियाई विज्ञान अकादमी से भी निकाला जा सकता है। अत: उन्होंने स्वयं ही इसकी सदस्यता से अपना त्याग पत्र दे दिया। यही नहीं, कुछ समय बाद जब नाज़ी सरकार ने एक ऐसा कानून पास किया, जिसके अनुसार ऐसा कोई भी व्यक्ति, जिसके पूर्वजों में से कोई भी यहूदी धर्म से संबंध रखता हो, उसे सरकारी सेवा से हटाया जा सकता था। इस कानून के लागू होने से कई बड़े-बड़े वैज्ञानिकों तथा भावी नोबेल पुरस्कार विजेताओं को सरकारी नौकरी से हटा दिया गया। कई अन्य बड़े वैज्ञानिकों ने आइंस्टाइन की तरह अपने पद से त्याग पत्र दे दिया।

नाज़ी शासन के दौरान शिक्षा के क्षेत्र में बहुत उतार-चढ़ाव आए। अधिकतर शिक्षा संस्थानों तथा विश्वविद्यालयों में नाज़ी सरकार के प्रतिनिधित्वों को नौकरियाँ दी गईं। लेकिन फिर भी कॉलेजों और

विश्वविद्यालयों में आइंस्टाइन के सापेक्षता के सिद्धांत को पढ़ाया जाता तथा उससे जुड़े विषयों पर चर्चाएँ होती रहीं। हालाँकि पढ़ाते समय आइंस्टाइन तथा सापेक्षता जैसे शब्दों का उल्लेख नहीं किया जाता था किंतु उससे जुड़े समीकरणों को ही प्रस्तुत किया जाता था। इसका अर्थ ही हिटलर के भय के बावजूद आइंस्टाइन का ज्ञान आनेवाली हर पीढ़ी को मिलता रहा। कोई भी बड़ी शक्ति इसमें बाधक नहीं बनी।

खण्ड ५
प्रिंसटन के 20 वर्ष

21
प्रिंसटन में स्थानांतरण

हिटलर की नीतियों ने जर्मनी को जड़ों से हिलाकर रख दिया था। आइंस्टाइन के मित्र माक्स प्लांक भी नाज़ी नीतियों से खुश नहीं थे। उन्हें पूरा यकीन था कि नाज़ियों का उत्साह कुछ ही समय पश्चात ठंडा पड़ जाएगा और हालात पर काबू पाया जा सकेगा। जर्मन नागरिकता का त्याग तथा जर्मनी वापस न लौटने के निर्णय ने आइंस्टाइन के जीवन पर गहरा प्रभाव डाला। उन्हें विश्वभर के विश्वविद्यालयों से प्राध्यापक पद के लिए प्रस्ताव आने लगे। उसी दौरान अमेरिका के न्यूजर्सी (New Jersey) शहर के प्रिंसटन इलाके में इंस्टीट्यूट ऑफ एडवांस स्डटीज़ (Institute of Advance Studies) नामक नए संस्थान की स्थापना होने जा रही थी। यह इलाका शहर की भीड़-भाड़ से अलग था और यहाँ का शांत वातावरण भी आइंस्टाइन को बहुत भाता था। अत: उन्होंने प्रिंसटन में रहना पसंद किया।

इस संस्थान से जुड़ी सभी ज़िम्मेदारियाँ अमेरिका के एक शिक्षाविद् डॉ. अब्राहम फ्लेक्सनेर (Dr. Abraham Flexner) को दी गई थीं। फ्लेक्सनेर चाहते थे कि इस संस्थान से ऐसे दिग्गज वैज्ञानिकों को जोड़ा जाए, जिन्हें किसी भी प्रकार की शैक्षणिक तथा प्रशासनिक ज़िम्मेदारियों ने न जकड़ रखा हो और जो अपनी पूरी तन्मयता के साथ इस संस्थान को अपना समय दे सकें। साथ ही उन्होंने इस संस्थान से जुड़नेवाले प्रत्येक

वैज्ञानिक के लिए यह सुविधा भी प्रदान कर दी थी कि ऐसे वैज्ञानिकों को अपने निजी शोध पर कार्य करने की पूरी आज़ादी दी जाएगी।

आइंस्टाइन जब दूसरी बार पासादेना में अपना व्याख्यान देने गए थे तो उनकी भेंट फ्लेक्सेनर से हुई थी। वहाँ फ्लेक्सेनर ने उन्हें प्रिंसटन आने का प्रस्ताव दिया था। इसके बाद दोनों एक बार पुन: ऑक्सफोर्ड (Oxford) यूनिवर्सिटी में मिले थे। दोनों में हुई बातचीत से फ्लेक्सेनर के मन में आइंस्टाइन के प्रति आदर और भी बढ़ गया। उन्होंने एक बार पुन: आइंस्टाइन को प्रिंसटन आने का निमंत्रण दिया। तब तक आइंस्टाइन भी जर्मनी वापस न जाने का निर्णय कर चुके थे और उन्होंने फ्लेक्सेनर के प्रस्ताव को अपनी मंज़ूरी दे दी।

अमेरिका पहुँचने पर एक बार फिर उनके सामने पत्रकारों तथा फोटोग्राफरों से निपटने की समस्या थी। आइंस्टाइन इससे पहले भी अमेरिका में पत्रकारों से घिर चुके थे और उनके बेकार के सवालों में उलझ चुके थे। वे ऐसी किसी स्थिति से बचने के लिए पहले से ही तैयार थे। फ्लेक्सेनर ने भी आइंस्टाइन को न्यूयॉर्क बंदरगाह से प्रिंसटन तक ले जाने के लिए एक गुप्त योजना बना रखी थी। अत: वे आइंस्टाइन को बिना किसी रुकावट के प्रिंसटन तक ले जाने में सफल हो गए। आइंस्टाइन ने यहाँ आते ही अपना कार्य आरंभ कर दिया और सबसे हैरान कर देनेवाली बात यह है कि आइंस्टाइन प्रिंसटन के उच्च अध्ययन संस्थान में नियुक्त होनेवाले पहले प्राध्यापक थे। उन्हें 15,000 डॉलर प्रतिवर्ष के वेतन पर नियुक्त किया गया था।

प्रिंसटन में आइंस्टाइन के जीवन का एक नया अध्याय शुरू हो चुका था। उन्हें अपने शोध कार्य करने की पूरी आज़ादी थी। लेकिन फिर भी वे इस स्थिति से खुश नहीं थे। उन्हें बिना कोई शिक्षण कार्य किए वेतन लेना अच्छा नहीं लगता था। धीरे-धीरे उन्हें कई सहयोगी मिलते गए और वे अपने शोध कार्यों में तेज़ी से व्यस्त होते गए। उन्होंने प्रिंसटन की शांत गलियों और पेड़ों से घिरी सड़कों के माहौल में जल्दी ही स्वयं को ढाल लिया।

प्रिंसटन में एक घटना यह भी घटी कि एक बार राष्ट्रपति रूजवेल्ट (Roosevelt) ने आइंस्टाइन तथा उनकी पत्नी एल्सा को व्हाइट हाऊस में आने का निमंत्रण दिया। चूँकि अभी तक फ्लेक्सेनर ही उनके पत्रों का जवाब दिया करते थे और वे नहीं चाहते थे कि आइंस्टाइन शोध कार्यों के अलावा अन्य किसी भी प्रकार की गतिविधियों में शामिल हों, अत: उन्होंने सुरक्षा के नाम पर निमंत्रण को अस्वीकार कर दिया। यही नहीं, उन्होंने इस निमंत्रण के बारे में आइंस्टाइन तक को भी नहीं बताया। आइंस्टाइन को जब बाद में इस निमंत्रण के बारे में पता लगा तो उन्हें बुरा लगा और उन्होंने इसकी शिकायत उच्च अधिकारियों से की। इससे उन्हें यह फायदा हुआ कि उन्हें अपने लिए पूर्ण रूप से आज़ादी मिल गई।

आइंस्टाइन ने राष्ट्रपति रूजवेल्ट को एक पत्र लिखा और उसमें उनसे न आने के लिए माफी माँगी। लेकिन कुछ ही समय पश्चात उन्हें एक बार पुन: राष्ट्रपति की ओर से निमंत्रण मिला, जिसे उन्होंने खुशी-खुशी स्वीकार कर लिया और 24 जनवरी, 1934 को वे एल्सा सहित राष्ट्रपति से मिले तथा उनके साथ भोजन भी किया। मज़े की बात यह है कि राष्ट्रपति रूजवेल्ट से मुलाकात के समय भी आइंस्टाइन ने पैरों में जुराबें नहीं पहनी थीं।

विश्व के अनेक संगठन आइंस्टाइन से अपील करते रहे कि वे उनके साथ जुड़ें और उनका मार्गदर्शन करें। वे अपने वैज्ञानिक शोध कार्यों को नहीं छोड़ सकते थे। इसका कारण था कि भौतिक संसार की मूलभूत संरचना को समझना ही उनके जीवन का प्रथम लक्ष्य था। उनका मानना था कि **मानवता की सेवा ही सबसे बड़ा परोपकार है** और वे अपने शोध कार्यों के माध्यम से नई से नई विचारधाराओं पर शोध कर रहे हैं। वे कहते थे -

'हमें कभी भी मानवता से निराश नहीं होना चाहिए क्योंकि हम स्वयं मनुष्य हैं। सभ्य मानव की नियति किसी भी अन्य चीज़ से अधिक इस बात पर निर्भर करती है कि वह कितना नैतिक बल पैदा करने में समर्थ है।'

प्रिंसटन के वातावरण में आइंस्टाइन बहुत घुल-मिल गए लेकिन

एल्सा का स्वास्थ्य दिनोंदिन बिगड़ता जा रहा था। उसे अपनी बड़ी बेटी इल्से की मृत्यु का बहुत गहरा सदमा लगा था, जिसने उसे मानसिक रूप से तोड़कर रख दिया था। अगले वर्ष आइंस्टाइन ने मॉन्ट्रियल (Montreal) के पास एक खूबसूरत झील के किनारे यह सोचकर एक मकान किराए पर लिया कि शायद यहाँ आने से एल्सा के स्वास्थ्य में कुछ सुधार हो सके। लेकिन कुछ ही समय पश्चात उसके स्वास्थ्य में अधिक गिरावट आने लगी और इस बार वह बच न सकी। 21 दिसंबर सन् 1936 में एल्सा की मृत्यु हुई। आइंस्टाइन भी अपनी पत्नी की मृत्यु से सदमे में आ गए। उन्होंने मौत को जीवन की एक कड़वी सच्चाई बताया और कहा –

'यदि हम अपने बचपन तथा युवा पीढ़ी में आते हैं तो हमारी मृत्यु से हमारा अंत नहीं होता। वे हमारा ही रूप हैं, हमारा शरीर जीवन रूपी वृक्ष पर सूखे पत्तों के सामान है। मृत्यु एक वास्तविकता है। जब कोई व्यक्ति अपने कार्यों द्वारा अपने वातावरण को प्रभावित करने में असमर्थ हो जाता है तो वह अपने अनुभवों के कुल योग में कुछ अतिरिक्त जोड़ पाने में असमर्थ हो जाता है। तब सच में उसका जीवन समाप्त हो जाता है। हमें हर पल उन क्षणों को सोचकर प्रसन्न होना चाहिए, जब हमने जीवन को भरपूर साहस और सम्मान के साथ जिया है और उसका स्वाद चखा है।'

22

प्रिंसटन के यादगार किस्से

सन् 1936 में आइंस्टाइन को एक बहुत ही महत्वपूर्ण व्यक्ति मिले, जिनका नाम लिओपोल्ड इन्फेल्ड (Leopaul Infeld) था। इन्फेल्ड पोलैंड के रहनेवाले थे और जाने-माने भौतिकवेत्ता थे। उनके संस्मरण ग्रंथ 'द क्वेसट-द इवोल्यूशन ऑफ ए साइंटिस्ट' (The Quest-The Evolution of a Scientist) में आइंस्टाइन के बारे में अत्यंत महत्वपूर्ण जानकारी दी गई है। उनकी आइंस्टाइन से पहली मुलाकात सन् 1920 में बर्लिन में हुई थी। इसके पश्चात वे लगभग 16 वर्ष बाद आइंस्टाइन से प्रिंसटन में मिले। इतने लंबे समय के अंतराल के पश्चात भी इन्फेल्ड ने आइंस्टाइन की आँखों में पहलेवाली ही चमक देखी। इन्फेल्ड ने प्रिंसटन में आइंस्टाइन से हुई अपनी दूसरी मुलाकात के पश्चात जो कुछ अनुभव किया, उसे इस प्रकार बताया-

1

इन्फेल्ड बताते हैं कि वे अकसर आइंस्टाइन के साथ प्रिंसटन की सड़कों पर सैर करने के लिए निकल जाया करते थे। आइंस्टाइन बड़ी सड़कें छोड़कर छोटी-छोटी सड़कों पर चलना पसंद करते थे, जिनके आसपास घने पेड़ लगे होते थे और उन पर यातायात भी न के बराबर होती थी। एक दिन ऐसे ही सैर के दौरान वे दोनों बातें करते चले जा रहे थे। तभी एक कार उनके पास आकर रुकी। उसमें से एक महिला उतरी। उसने अपने हाथ में एक कैमरा पकड़ा हुआ था। वह बोली, 'माफ कीजिए प्रोफेसर आइंस्टाइन!

क्या मैं आपकी तसवीर खींच सकती हूँ?'

आइंस्टाइन ने जवाब दिया, 'जी हाँ। अवश्य।'

इतना कहते ही वे सीधे खड़े हो गए और उस महिला ने उनकी तसवीर खींची। उनके लिए यह देखना आवश्यक नहीं था कि तसवीर खींचने के लिए कैसे दृश्य की आवश्यकता है। तसवीर खिंचवाते ही वे पुनः अपनी चर्चा में व्यस्त हो गए।

2

आइंस्टाइन के साथ कार्य करते हुए इन्फेल्ड को बहुत कुछ सीखने को मिला तथा उनके नज़दीक आने का मौका मिला। वे चाहते थे कि आइंस्टाइन के साथ मिलकर विज्ञान पर एक पुस्तक प्रकाशित की जाए। उनका यह मानना था कि आइंस्टाइन जैसे वैज्ञानिक को सह लेखक के रूप में देखकर कोई भी प्रकाशक इस पुस्तक को प्रकाशित करने के लिए आसानी से हामी भर देगा और रॉयल्टी देने के लिए तैयार हो जाएगा।

इन्फेल्ड ने आइंस्टाइन से इसकी चर्चा की। उन्हें भी यह सुझाव बहुत पसंद आया। आइंस्टाइन ने कहा कि वे अपने सापेक्षता के सिद्धांत पर कोई पुस्तक नहीं लिखना चाहते। वे केवल भौतिक की बुनियादी धारणाओं को बिना गणित के उनके तार्किक विकास क्रम में प्रस्तुत करना चाहते थे। पुस्तक का लेखन कार्य आरंभ हो गया और 'द एवेल्यूशन ऑफ फिजिक्स' (The Evalution of Physics) के नाम से सन् 1938 में पहली बार पुस्तक का प्रकाशन हुआ। लेकिन इसके प्रकाशन से जुड़ी सबसे चौंका देनेवाली बात यह है कि जिस समय पुस्तक छपने के लिए प्रेस में गई, आइंस्टाइन ने पुस्तक के प्रूफ तक नहीं देखे जबकि इन्फेल्ड ने प्रकाशक को अपनी ओर से संतोष करते हुए बताया कि आइंस्टाइन को पुस्तक बेहद पसंद आई है।

इसी पुस्तक के संबंध में एक बार 'न्यूयॉर्क टाइम्स' के पत्रकार ने आइंस्टाइन से कुछ पूछना चाहा तो उन्होंने जवाब दिया कि 'पुस्तक के बारे में मुझे जो कुछ कहना है, वह सब इस पुस्तक में लिखा गया है।'

3

इन्फेल्ड एक अन्य किस्से के बारे में बताते हैं-

एक बार वे आइंस्टाइन के साथ एक फिल्म देखने सिनेमा हॉल में गए। निर्धारित समय पर वे सिनेमा हॉल पहुँचे और टिकट खरीदने के पश्चात प्रतीक्षालय में जाकर बैठ गए। अभी फिल्म शुरू होने में 15-20 मिनट का समय था। आइंस्टाइन को वहाँ खाली बैठना उचित नहीं लग रहा था।

उन्होंने कहा, 'चलो थोड़ी देर बाहर टहलकर आते हैं।'

उन्हें भी उनकी यह बात अच्छी लगी। जब वे प्रतीक्षालय से बाहर जाने लगे तो इन्फेल्ड ने दरबान से कहा, 'हम थोड़ी देर में लौटकर आते हैं।'

लेकिन आइंस्टाइन ने चिंताभरे स्वर में दरबान से पूछा, 'अब हमारे पास तो टिकट नहीं है। क्या तुम हमें पहचान लोगे और दोबारा अंदर आने दोगे?'

बेचारा दरबान भी सकपका गया और बोला, 'जी हाँ! प्रोफेसर आइंस्टाइन। मैं आपको पहचान लूँगा।'

4

एक बार वे प्रिंसटन से कहीं जाने के लिए ट्रेन में यात्रा कर रहे थे। थोड़ी देर बाद ट्रेन में टिकट चेकर आया और उनसे टिकट माँगी। वे आनन-फानन में यहाँ-वहाँ अपनी टिकट तलाशने लगे। लेकिन उन्हें अपनी टिकट नहीं मिली। उन्होंने अपना सूटकेस भी खोलकर देखा। टिकट उसमें भी नहीं थी। हारकर उन्होंने अपनी सीट के नीचे टिकट ढूँढ़ा। लेकिन टिकट वहाँ भी नहीं मिली। अंत में टिकट चेकर बोला, 'रहने दीजिए, प्रोफेसर आइंस्टाइन। मैं आपको पहचानता हूँ। आपने टिकट अवश्य ली होगी जो कहीं गुम हो गई है। इतना कहकर वह दूसरे यात्रियों की टिकट देखने लगा।'

लेकिन उसने देखा कि आइंस्टाइन फिर भी सीट के नीचे झुककर टिकट खोजे जा रहे थे। वह पुन: बोला -

'अरे रहने दीजिए सर। मैं आपसे टिकट नहीं माँग रहा।'

इस पर आइंस्टाइन ने कहा, 'अरे वह सब तो ठीक है लेकिन बिना टिकट के मुझे कैसे पता चलेगा कि मुझे कहाँ जाना है?'

प्रिंसटन में बिताए गए आइंस्टाइन के जीवन के ऐसे कई यादगार किस्से हैं। आइंस्टाइन प्रिंसटन में 20 वर्षों तक रहे और वहाँ पर बिताया गया उनका जीवन अपने आपमें एक अलग अध्याय था। अपनी दूसरी पत्नी एल्सा की मृत्यु के बाद आइंस्टाइन बिलकुल अकेले हो गए थे। लेकिन वे जैसे-जैसे अपनी उम्र के एक-एक पड़ाव को पार करते गए, वैसे-वैसे वापस अपने बचपन में लौटते गए। बढ़ती उम्र के साथ उनके अध्ययन कार्य भी जारी रहे और वे शोध पर शोध करते रहे। प्रिंसटन में बस जाने के पश्चात वे अपनी पूरी शक्ति और दृढ़ निश्चय के साथ अपने एकीकृत क्षेत्र सिद्धांत (Unified Field Theory) के शोध में लीन हो गए।

23

आइंस्टाइन और परमाणु बम

विश्व दूसरे युद्ध की कगार पर था। सबसे पहले ऑस्ट्रिया युद्ध की चपेट में आया। फिर जर्मनी ने पोलैण्ड पर कब्ज़ा कर लिया। उस समय आइंस्टाइन को समाचार मिला कि उनके पुराने जर्मन सहयोगी ऑटोहान ने यूरेनियम* के परमाणु की नाभि (केंद्र) को तोड़ने में सफलता प्राप्त कर ली है। इस समाचार को दुनिया के अन्य वैज्ञानिकों ने हलके से लिया लेकिन आइंस्टाइन चौंक गए। वे ऑटोहान की योग्यता से भली प्रकार से परिचित थे। ऑटोहान उनके साथ सहायक के रूप में पहले काम कर चुके हैं। आइंस्टाइन को भावी विनाश का खतरा दिखाई देने लगा। उन्होंने तुरंत सारी घटनाओं को संक्षिप्त रूप देकर अमेरिकी राष्ट्रपति रूजवेल्ट को एक पत्र लिखा।

अपने पत्र में उन्होंने बताया कि 'जर्मनी के वैज्ञानिक यूरेनियम के दोषों को दूर करने में लगे हुए हैं, यदि वे सफल हो गए तो इस तरह का बम बना लेंगे, जो बहुत बड़े इलाके का सफाया करने के लिए काफी होगा।' इस पत्र के बाद अमेरिकी प्रशासन की परमाणु बम बनाने की दिशा में योजनाएँ शुरू हो गईं। इस परमाणु बम का आधार आइंस्टाइन का सूत्र $E=mc^2$ ही था।

---

*वह शुभ्र धातु तत्त्व जो पानी से 18.7 गुना भारी होता है तथा जो आण्विक शक्ति के उत्पादन में काम आता है।

इस प्रकार प्रिंसटन के उच्च अध्ययन संस्थान से जुड़ते ही आइंस्टाइन के जीवन ने एक नए सफर में कदम रखा। राष्ट्रपति रूजवेल्ट को भेजे गए आइंस्टाइन के एक ऐतिहासिक पत्र ने ऐटम बम के निर्माण में महत्वपूर्ण भूमिका निभाई थी। एटम बम के बनते ही आइंस्टाइन नाभिकीय हथियारों के विकास पर रोक लगाने के प्रयासों में जुट गए। उन्हें सन् 1940 में विधिवत् रूप से अमेरिका की नागरिकता भी मिल गई। आगे होनेवाली घटनाओं ने उनके समाज चिंतन को एक नया मोड़ प्रदान किया। सन् 1945 में उन्हें उच्च संस्थान से अवकाश भी मिल गया था किंतु उन्होंने फिर भी पहले की तरह वहाँ जाना जारी रखा तथा सुचारू रूप से अपनी सेवाएँ देते रहे।

आम तौर पर आइंस्टाइन के बारे में ऐसा कहा जाता है कि उन्होंने परमाणु बम के निर्माण में महत्वपूर्ण भूमिका निभाई थी। दरअसल आइंस्टाइन युद्ध के पक्ष में नहीं थे। चूँकि युद्ध छिड़ चुका था और जर्मनी परमाणु बम की शोध में जुटी हुई थी। इसलिए आइंस्टाइन को लगा कि ऐसा होने से पहले वे अमेरीकी राष्ट्रपति को सचेत कर दें। यही कारण था कि उन्होंने अमेरीका में परमाणु बम बनाने में कुछ सहयोग दिया।

अमेरीका के तत्कालीन राष्ट्रपति हैरी ट्रूमैन (Harry Trueman) ने एक बेहद गोपनीय अभियान के अंतर्गत जापान पर ऐटम बम गिराए जाने को मंज़ूरी दे दी। 6 अगस्त सन् 1945 को जापान के हिरोशिमा शहर पर एटम बम गिराया। यह ऐटम बम 'लिटिल ब्वाय' के नाम से जाना जाता था।

इस घटना के तीन दिन बाद यानी 9 अगस्त, 1945 को जापान के नागासाकी शहर को निशाना बनाया गया। ऐसा कहा जाता है कि इन दोनों घटनाओं में लगभग 1,20,000 लोग मारे गए और कई लोग अपाहिज हो गए। इस विनाश के बाद जापान ने आत्मसमर्पण कर दिया और दूसरा विश्व युद्ध भी समाप्त हो गया।

परमाणु बम का घातक परिणाम देखने के बाद आइंस्टाइन को पछतावा हुआ। उन्हें यदि यह पहले से पता होता तो वे कभी भी राष्ट्रपति

रूजवेल्ट को इस प्रोजेक्ट की सलाह न देते। परमाणु बम का सत्यापन खुले तौर पर हो चुका था और सभी इसके विनाशकारी परिणामों को जान चुके थे।

आइंस्टाइन कभी-कभी इस बात को सोचकर भी चिंतित होते कि कहीं वे मानवता के साथ धोखा तो नहीं कर रहे या उनके द्वारा किया गया कोई कार्य मानव जाति के लिए विनाशकारी तो नहीं सिद्ध होगा? वैसे भी वे जापान में हुए विनाश को देखकर बहुत व्यथित हो गए थे और काफी हद तक अपने आपको ही इसका कारण मानते थे।

अब वे कभी-कभी दार्शनिकों जैसी बातें करने लगते। वे अकसर कहते, '**हम जो भी सर्वोत्तम कार्य करने में समर्थ हैं, वह हमें अवश्य करने चाहिए। यह हमारी एक उच्च ज़िम्मेदारी बनती है।**' जो व्यक्ति अपने जीवन अथवा सगे-संबंधियों के जीवन को निरर्थक मानता है, वह न केवल दुःखी रहता है बल्कि जीवन जीने के लायक भी नहीं है।

24

इस्राइल के राष्ट्रपति पद का प्रस्ताव

आइंस्टाइन यहूदी संस्कृति के प्रशंसक थे। एक यहूदी होने के नाते वे स्वयं भी यहूदी संस्कृति में गहन रुचि रखते थे। अपनी मृत्यु के तीन महीने पहले तक वे इस्राइल में यहूदी तथा अरब लोगों के संबंधों को लेकर अत्यंत चिंतित रहने लगे। इसी विषय को लेकर उन्होंने जनवरी, 1955 में ज्वी लुरी (Zvi Lurie) नाम के एक 'यहूदी नेशलन काउंसिल' के सदस्य को एक पत्र लिखा। आइंस्टाइन ने इस पत्र में स्पष्ट किया –

'हमारे साथ रहनेवाले अरब नागरिकों को पूर्ण रूप से स्वतंत्रता प्रदान करना ही इस्राइल की नीति का सबसे महत्वपूर्ण विषय होना चाहिए। अरब अल्पसंख्यकों के प्रति जो व्यवहार हम अपनाते हैं, वह हम लोगों के नैतिक मापदंड का सच्चा वर्णन करेगा।'

आइंस्टाइन इस्राइल के अस्तित्त्व को स्वीकार कर चुके थे। वे यह भी चाहते थे कि इस्राइल के हिब्रू विश्वविद्यालय की शिक्षा पद्धति में अमेरिका की पद्धतियों को लागू न किया जाए लेकिन जब ऐसा होने लगा तो उन्होंने तुरंत अपने पद से त्याग पत्र दे दिया। किंतु कुछ ही समय के बाद उनकी शर्तों को मान लिया गया और वे दोबारा अपने कार्य में व्यस्त हो गए। यही वह समय भी था जब सन् 1950 में उन्होंने अपने सारे दस्तावेज़, वसीयत, शोध निबंधों की मूल प्रतियाँ आदि हिब्रू विश्वविद्यालय को सौंप दी थीं।

नवंबर 1952 में इस्राइल के राष्ट्रपति का देहान्त हो गया। उनके देहान्त के कुछ दिनों बाद ही इस्राइल के प्रधानमंत्री ने आइंस्टाइन को राष्ट्रपति बनने का न्यौता दिया। लेकिन उन्होंने इस प्रस्ताव को अस्वीकार कर दिया और प्रधानमंत्री को एक पत्र में लिखा –

'मेरे सामने जो इस्राइल के राष्ट्रपति पद का प्रस्ताव आया है, वह मेरे लिए एक गर्व की बात है और मैं अपने आपको बहुत सौभाग्यशाली समझता हूँ। किंतु मैं बहुत ही दुःख और अफसोस के साथ कहना चाहूँगा कि मैं इस पद को स्वीकार नहीं कर सकता क्योंकि मैं इसके लिए स्वयं को काबिल नहीं समझता हूँ। मैंने अपना संपूर्ण जीवन वैज्ञानिक खोजों में बिताया है, अतः मैं जनता के साथ रहकर सही तरीके से काम नहीं कर सकता और न ही मुझमें सरकारी काम-काज को संभालने की क्षमता है, न ही योग्यता। मुझे किसी प्रकार की राजनीति का भी अनुभव नहीं है। मैं अपनी बढ़ती हुई आयु तथा कम होती शक्ति को भी छोड़ दूँ तो भी मैं इस पद को संभालने के लिए स्वयं को अयोग्य मानता हूँ।'

अनेक लोगों की तरह आइंस्टाइन ने अपनी कोई जीवनी नहीं लिखी। उनके द्वारा लिखे गए कुछ संस्मरण हैं, जो बताते हैं कि उन्होंने इसमें केवल अपने जीवन की कुछ महत्वपूर्ण घटनाओं तथा विचारों का उल्लेख किया है।

दूसरा विश्व युद्ध समाप्त होने के बाद वे शांति स्थापित करने के प्रयासों में जुट गए। जैसे-जैसे समय बीतता गया, अमेरिका में उनका दर्जा भी बढ़ता गया। सन् 1950 में उन्हें एक टेलिविजन कार्यक्रम में बतौर अतिथि वक्ता बनने का मौका मिला, जिसमें राष्ट्रपति रूजवेल्ट की पत्नी के साथ उनकी चर्चा हुई। इससे पूर्व अमेरिका ने यह घोषणा कर दी थी कि बहुत ही जल्द परमाणु बम से भी अधिक शक्तिशाली हाइड्रोजन बम बना लिया जाएगा। आइंस्टाइन ने उस टेलिविजन चर्चा के दौरान राष्ट्रीय शस्त्रीकरण, मानव सुरक्षा तथा हाइड्रोजन बम के घातक परिणामों के बारे में अपने मत प्रस्तुत किए।

अमरिकी सरकार द्वारा बनाई गई रंगभेद की नीतियों से भी आइंस्टाइन

दुःखी रहते थे। सन् 1946 में उन्हें काले रंग के लोगों के लिए स्थापित लिंकन विश्वविद्यालय से 'डॉक्टरेट' की मानद उपाधि प्रदान की गई थी। वे अपने-आपको जितना अमरिकी समझते थे, उतना ही मन ही मन दुःखी भी होते थे। आइंस्टाइन अमेरिका के निवासियों के सामाजिक नज़रिए के बारे में सोचकर हैरान रहते थे कि उनका समानता तथा मानवता का व्यवहार मात्र गोरी चमड़ी तक ही सीमित है। इसलिए वे नीग्रो लोगों के साथ भेदभाव को समाज की सबसे खतरनाक बीमारी समझते थे और हमेशा अपने विचारों को खुलकर व्यक्त करते थे।

आइंस्टाइन ने हमेशा स्कूली छात्रों को संबोधित करते हुए कहा, 'याद रखो कि तुम स्कूल में जो उत्कृष्ट बातें पढ़ते हो, वह कई पीढ़ियों का काम है। इन बातों को हासिल करने में विश्व के हर देश में उत्साहपूर्वक प्रयास किए गए हैं और अनंत परिश्रम किया गया है। यह ज्ञान आपके हाथों में धरोहर के तौर पर इसलिए सौंपा गया है ताकि तुम इसे ग्रहण करो, इसका सम्मान करो, इसमें बढ़ोतरी करो और एक दिन इसे पूरी ईमानदारी से अपने बच्चों को सौंप दो। यदि तुम यह बात अपने मन में रखोगे तो तुम्हें अपने जीवन और कार्य का अर्थ मिल जाएगा तथा तुम अन्य देशों और युगों के बारे में सही दृष्टिकोण अपना सकोगे।'

25
अंतिम हस्ताक्षर

आइंस्टाइन ने अपनी मृत्यु से 15 दिन पहले बर्नार्ड कोहेन (Bernard Cohen) को एक इंटरव्यू दिया था। बर्नार्ड ने उनके निवास स्थान पर जाकर बहुत तन्मयता से उनसे बातचीत की और अनेक पहलुओं पर विस्तार से चर्चा की। उस समय आइंस्टाइन अपने चिरपरिचित लिबास में थे। उनके बीच माक्स प्लैंक, न्यूटन, फ्रैंकलिन, गैलीलियो आदि वैज्ञानिकों को लेकर बातचीत हुई। बातचीत के दौरान वे लगातार सिगार पीते जा रहे थे। ठंड भी कुछ ज़्यादा थी, अत: उन्होंने अपने पैरों पर कंबल ओढ़ा हुआ था। बात करते-करते वे बीच-बीच में मज़ाक के मूड में चले जाते और ठहाके मारकर ज़ोर-ज़ोर से हँसने लगते। उनसे बातचीत करते समय ऐसा नहीं लग रहा था कि अगले कुछ ही दिनों में वे इस संसार को अलविदा कह देंगे।

अपने अंतिम दिनों में आइंस्टाइन ने कहा, 'मैं अपने जीवन के इन आखिरी वर्षों से संतुष्ट हूँ। मैंने जीवनभर अपनी विनोदप्रियता को बनाए रखा है। मैं न तो स्वयं को और न ही सामनेवाले को गंभीरता से लेता हूँ। मैं हमेशा जीवन जीने का आनंद लेता हूँ। यदि अचानक सब कुछ समाप्त हो जाए तो मुझे इसका दु:ख नहीं होगा। मैं नहीं चाहता कि मेरी मृत्यु के बाद मेरा मकान किसी तीर्थ स्थल में बदल दिया जाए। अत: मेरा दाह संस्कार कर दिया जाए ताकि लोग मेरी अस्थियों की पूजा करने न आते

रहें। मैंने दृढ़ निश्चय कर लिया है कि जब मेरा अंत समय आएगा तो मैं बिना न्यूनतम चिकित्सा सहायता के ही चला जाऊँगा। मैं न तो मृत्युशय्या पर और न ही उससे पहले अपने आपसे यह सवाल करूँगा कि मेरा जीवन सफल रहा है अथवा असफल? यह प्रकृति न तो कोई इंजीनियर है और न ही कोई ठेकेदार है। मैं स्वयं भी इसी प्रकृति का ही एक अंश हूँ। मैं अपनी इच्छा से जाना चाहता हूँ। जीवन को कृत्रिम रूप से बढ़ाते रहने से उसमें रस नहीं रहता। मैंने अपने हिस्से का कार्य कर दिया है। अब जाने का समय आया है और मैं सहजता से जाना चाहता हूँ।'

11 अप्रैल 1955 को बर्ट्रैण्ड रसेल (Burtrand Russel) आइंस्टाइन के घर आए थे। उन्होंने हाइड्रोजन बम के परीक्षण व उससे होनेवाले विनाशकारी प्रभावों को व्यक्त करने के लिए एक घोषणा पत्र तैयार करवाया था। उन्हें इस घोषणा पत्र पर आइंस्टाइन के विचार जानकर उनके हस्ताक्षर करवाने थे। इस विषय को लेकर उन दोनों के बीच पिछले दो महीने से लगातार बातचीत चल रही थी। उस दिन आइंस्टाइन ने इस घोषणा पत्र पर अपने हस्ताक्षर किए थे। मगर कोई नहीं जानता था कि वे उनके जीवन के अंतिम हस्ताक्षर होने जा रहे हैं। इसके दो दिन बाद ही यानी 13 अप्रैल, 1955 को उनके पेट में अचानक दर्द छिड़ गया। उन्हें तुरंत प्रिंसटन अस्पताल ले जाया गया। इसी अस्पताल में उनकी बेटी मारगॉट भी पहले से भर्ती थी। उसे भी किसी बीमारी के सिलसिले में यहाँ लाया गया था।

डॉक्टर ने उनकी जाँच की और बताया कि उनके पित्ताशय में बहुत सूजन आई हुई है, जिसके कारण उन्हें पेट में तेज़ दर्द हो रहा है। डॉक्टर ने तुरंत ऑपरेशन करने की सलाह दी लेकिन आइंस्टाइन ने ऑपरेशन करवाने से मना कर दिया। वे मौत से बिलकुल भी नहीं डरते थे। वे नहीं चाहते थे कि चिकित्सा के द्वारा उनकी आयु कुछ समय के लिए बढ़ जाए। कृत्रिम साधनों से जीवन को लंबा खींचना उन्हें पसंद नहीं था। वे अपने जीवन का काम कर चुके थे और शान से जाना चाहते थे। वे जितने दिन अस्पताल में रहे, अपने शोध संबंधी गणनाओं में व्यस्त रहे।

उनके बड़े पुत्र हान्स अल्बर्ट उस समय कैलिफोर्निया विश्वविद्यालय में बतौर प्रोफेसर कार्य कर रहे थे। मारगॉट ने उन्हें आइंस्टाइन की बीमारी का समाचार दिया और वे तुरंत प्रिंसटन पहुँच गए। अपने पुत्र को देखते ही आइंस्टाइन की आँखें भर आईं, वे उसे देखकर मन ही मन बहुत खुश हुए।

17 अप्रैल की रात समाप्ति की ओर थी और 18 अप्रैल का सवेरा होने जा रहा था। लेकिन कोई नहीं जानता था कि विश्व का महान वैज्ञानिक अगला सवेरा नहीं देख सकेगा। मध्य रात्रि के समय वे ज़ोर-ज़ोर से साँसें लेने लगे। एक नर्स उनकी देखरेख के लिए पहले से ही कमरे में मौज़ूद थी। आइंस्टाइन को लंबी-लंबी साँसें लेते देख वह तुरंत डॉक्टर को बुलाने दौड़ी। ऐसा प्रतीत हो रहा था, जैसे वे इस दुनिया को छोड़ रहे हैं और उनके पास मात्र कुछ ही समय शेष था। उन्होंने जर्मन भाषा में कुछ कहा, जिसे नर्स समझ नहीं पाई। वह वापस उनके बिस्तर के पास आई और उसने यह जानने की कोशिश की कि वे क्या कहना चाह रहे थे। लेकिन देखते ही देखते आइंस्टाइन ने अपनी आँखें बंद कर लीं और वे इस भौतिक संसार से हमेशा के लिए चले गए।

आइंस्टाइन ने पहले से ही इस बात की घोषणा कर रखी थी कि उनकी मृत्यु के पश्चात उनके शरीर का दाह संस्कार किया जाए ताकि लोग उनकी अस्थियों के दर्शन न करने लग जाएँ। प्रिंसटन के ही शवदाहगृह में उनका अंतिम संस्कार उनकी इच्छानुसार किया गया। उनके अंतिम संस्कार की खबर भी मात्र गिने-चुने लोगों को दी गई थी। अंतिम संस्कार के बाद उनके शरीर की राख को किसी अज्ञात स्थान पर फैला दिया गया था।

आइंस्टाइन की मृत्यु को लेकर प्रसिद्ध लेखक रोलैंड बार्थ (Roland Barthes) ने एक बहुत ही दिलचस्प बात कही थी - 'दुनिया के सबसे ताकतवर दिमाग ने अब काम करना बंद कर दिया है।' आइंस्टाइन ने अपने समीकरण $E=mc^2$ के अंतर्गत जो परिकल्पना की थी, उसे रोलैंड बार्थ ने एक ऐसे गुप्त संकेत की संज्ञा दी है, जिसकी मदद से आइंस्टाइन ने सृष्टि

के रहस्य को लगभग पूर्ण रूप से सुलझा लिया था। उनके लिए वह संकेत ऐसे संदूक की चाभी की तरह था, जिसे उस संकेत की मदद से ही खोला जा सकता था और यदि कोई व्यक्ति उसके सबसे करीब पहुँच पाया था तो वह केवल आइंस्टाइन ही थे।

खण्ड ६
आइंस्टाइन की भौतिकी दुनिया

26

क्वांटम सिद्धांत

1900 के दशक में क्वांटम थ्योरी ने हमेशा के लिए क्लासिकल फिजिक्स का चेहरा बदल दिया। मैक्स प्लांक वे पहले वैज्ञानिक थे, जो अपनी नई खोजों के साथ लोगों के सामने आए। आइंस्टाइन पहले भौतिकविद् थे, जिन्होंने कहा कि 'क्वांटम जगत के बारे में प्लांक की खोज के कारण भौतिकी को फिर से लिखना होगा।' अपनी बात को सिद्ध करने के लिए, उन्होंने 1905 में यह प्रस्ताव रखा कि प्रकाश केवल एक तरंग नहीं परंतु कई बार किसी कण की तरह भी सामने आता है, जिसे उन्होंने 'लाइट क्वांटम' नाम दिया। उन्होंने कहा कि 'प्रकाश नन्हें कणों की तरह बना रहता है।' जिन्हें उन्होंने 'फोटोन्स' का नाम दिया। यह एक महत्वपूर्ण कथन था, जो आगे चलकर भौतिकी की दुनिया को बदलनेवाला था। इसी खोज के विस्तार ने आगे चलकर उनके प्रसिद्ध समीकरण $e=mc^2$ को जन्म दिया।

1920 के दशक में हाइजेनबर्ग, बोर और श्रोडिंगर जैसे नए वैज्ञानिक भौतिकी के जगत में उभर रहे थे। उनके लिए क्वांटम सिद्धांत यानी ब्रह्माण्ड की प्रत्येक वस्तु को समझने का एक नया नज़रिया था। 1927 में जर्मन भौतिक विज्ञानी हाइजेनबर्ग द्वारा निर्धारित किए हुए अनिश्चितता सिद्धांत के अनुसार कहा जाता है कि 'ब्रह्माण्ड में सब कुछ अनपेक्षित रूप से होता है।'

जिसे हीसनबर्ग ने अनसेटरनिटी प्रिंसीपल या अनिश्चितता का सिद्धांत नाम दिया। संक्षेप में यह सिद्धांत कहता है कि 'किसी चीज़ की दो अलग प्रॉपर्टीज़ का सही माप (जैसी पोजीशन और मोमेंटम) तय नहीं हो सकता।' इसने ही संभावनाओं के विज्ञान को जन्म दिया। नील्स बोर और आइंस्टाइन में अक्सर अनसेटरनिटी के सिद्धांत को लेकर चर्चा हुआ करती थी। आंइस्टान इससे सहमत नहीं होते थे। एक दिन उन्होंने कहा, 'भगवान पाँसे से नहीं खेलता।' इस पर बोर ने उत्तर दिया, 'आइंस्टाइन, आप भगवान को यह मत बताओ कि उसे क्या करना चाहिए।'

आइंस्टाइन का यह मानना था कि भौतिकी के नियम ईश्वर की अभिव्यक्ति है और इसे गणित द्वारा समझा जा सकता है। उनका मानना था कि यदि हम इन नियमों को भली-भाँति समझ लें तो हम ब्रह्माण्ड की प्रत्येक गतिविधि को भी बेहद सटीकता से समझ सकते हैं।

1927 में सोल्वे में एक बड़ा सत्र हुआ, जिसमें अनेक महान वैज्ञानिकों जैसे आइंस्टाइन, बोर, शरोडिंगर, हीसनबर्ग आदि ने हिस्सा लिया। वहीं क्वांटम थ्योरी के बारे में कई तरह की राय सामने आईं। बहुत सारे प्रश्नों के उत्तर अभी तक नहीं मिले थे और आइंस्टाइन ऐसा हल चाहते थे, जिसमें एक ही समीकरण में सारे प्रश्नों के उत्तर आ जाएँ। उन्होंने यूनीफाइड फील्ड थ्योरी पर काम किया जिसमें उन्होंने जनरल रिलेटिविटी के बारे में संपर्क खोजने की कोशिश की, जो इलेक्ट्रोमैग्नीटिज़्म के रूप में ग्रेविटी को संभालती थी। उन्हें लगा कि इलेक्ट्रोमैग्नीटिज़्म व ग्रेविटी एक ही बुनियादी फील्ड के अलग-अलग रूप थे। इस तरह ऐसा फार्मूला सामने आया, जिसने मनुष्य जाति को आगे बढ़ने में मदद मिलती और वे अपने जीवन के अंत तक उस पर ही काम करते रहे। आज भी इस क्षेत्र में काम जारी है और इसे थ्योरी ऑफ एवरीथिंग के नाम से जाना जाता है।

27

आइंस्टाइन और मानव मस्तिष्क

आइंस्टाइन के अनुसार मनुष्य के मस्तिष्क को अंतहीन ऊर्जा तथा शक्तियों का भंडार माना गया है। मस्तिष्क को दो भागों में विभक्त किया गया है। पहला भाग 'चेतन मन' कहलाता है। यह मस्तिष्क का वह भाग होता है, जिसमें होनेवाली सभी क्रियाओं की जानकारी हमें होती है। दूसरा भाग 'अवचेतन मन' कहलाता है। हमें इसकी जानकारी नहीं होती और इसका अनुभव भी बहुत कम होता है। साधारण भाषा में कहा जाए तो अवचेतन मन बीच समुद्र में स्थित एक हिमखंड जैसा होता है, जिसका मात्र कुछ ही हिस्सा हमें दिखाई देता है और बाकी का हिस्सा समुद्र की सतह से नीचे रहता है, जो कि हमें दिखाई नहीं देता। इसी प्रकार मस्तिष्क का अधिकतर हिस्सा अवचेतन मन होता है, जिसे हम बहुत ही कम अनुभव कर सकते हैं।

चेतन मन सभी निर्णय लेता है। अवचेतन मन सारी तैयारी, प्रबंधन तथा व्यवस्था करता है। चेतन मन यह तय करता है कि कौन सा काम करना है और अवचेतन मन यह तय करता है कि वह काम कैसे करना है। मनुष्य के मन की सारी दबी हुई इच्छाएँ तथा विचार अवचेतन मन में रहते हैं। इन्हीं से मनुष्य का व्यक्तित्व बनता है और यही उसके आचार तथा व्यवहार में महत्वपूर्ण भूमिका निभाते हैं। शेक्सपीयर के अनुसार – मनुष्य का मन एक बाग है और वह उसका बागबान है। इस प्रकार **मनुष्य एक**

बागबान है, जो विचार रूपी बीजों को अवचेतन मन में बोता है। वह जैसा अवचेतन मन में बोता है, वैसा ही फल प्राप्त करता है। अत: मनुष्य को चाहिए कि वह अपने विचारों को ऐसा बनाए ताकि वह इच्छित स्थिति को प्राप्त कर सके।

मस्तिष्क जब किसी चीज़ के बारे में सोचता है और उसमें विश्वास करता है तो उसे हासिल भी कर लेता है क्योंकि मनुष्य का मस्तिष्क जिन चीज़ों को देखता है, उन्हें महसूस करता है, वह उन्हें अवचेतन मन में भेज देता है। अवचेतन मन ब्रह्माण्ड की सारी शक्तियों के साथ कार्य कर एक ऐसी वास्तविकता की रचना करता है, जो उस संदेश पर आधारित होती है, जिसका जन्म मनुष्य के मस्तिष्क में हुआ था। लेकिन मात्र सोचने और आशा करने से कि सब कुछ अपने आप ही हो जाएगा, यह कार्य पूरा नहीं हो जाता। यदि मनुष्य अपने कार्य के प्रति पूर्ण रूप से समर्पित है तो वह उस कार्य को अवश्य पूरा कर लेता है। लेकिन उसके लिए उसे यह जानने की आवश्यकता होती है कि वह अपने मस्तिष्क की शक्तियों का इस्तेमाल कैसे कर सकता है?

वास्तव में मनुष्य अपने भीतर छिपी क्षमताओं से पूरी तरह से अवगत नहीं है। वह इसी चीज़ को अपनी कमज़ोरी मानता है। मनुष्य का मस्तिष्क रूपी बायो कंप्यूटर अपनी धारणाओं से चलता है। मस्तिष्क वही करता है जैसा कि उसे धारणाएँ चलाती हैं। सीमित धारणाएँ मनुष्य की सोच को संकुचित करती हैं। इससे कोई भी व्यक्ति गहराई अथवा विस्तार से सोच नहीं पाता। उसकी नकारात्मकता ही उस पर अनेक प्रकार के बंधन लगा देती है, जिससे न जाने कितनी ऊर्जा व समय का नाश हो जाता है।

दरअसल मनुष्य अपने मस्तिष्क का एक प्रतिशत हिस्सा ही इस्तेमाल करता है। लेकिन सोचनेवाली बात तो यह है कि मनुष्य अपने मस्तिष्क का केवल एक प्रतिशत हिस्सा ही क्यों इस्तेमाल करता है? इसका कारण यह है कि मस्तिष्क के दाएँ और बाएँ हिस्से के बीच सामंजस्य स्थापित करने का कोई भी सुनियोजित तरीका उसके पास नहीं है। जब तक मस्तिष्क के

दोनों हिस्सों को सही तरह से आपस में नहीं जोड़ा जाता, तब तक पूरा मस्तिष्क काम नहीं करता। **मस्तिष्क एक ऐसी चीज़ है, जो 24 घंटों में किसी मनुष्य के सोचने, समझने और महसूस करने के तरीके को पूर्ण रूप से बदल सकता है।**

मस्तिष्क में विद्यमान कल्पना शक्ति द्वारा आशाओं तथा उद्‌देश्यों को साकार करने के तरीके सुझाए जा सकते हैं। इसमें इच्छा तथा उत्साह की प्रेरक क्षमता भी दी गई होती है, जिसके आधार पर योजनाओं तथा उद्‌देश्यों के अनुरूप किसी भी कार्य को अंज़ाम दिया जा सकता है। आस्था की क्षमता द्वारा समस्त मस्तिष्क असीम बुद्धि की प्रेरक शक्ति की ओर मुड़ जाता है। तर्क शक्ति के द्वारा तथ्यों तथा सिद्धांतों को अवधारणाओं, विचारों तथा योजनाओं में बदला जा सकता है। टेलिपैथी (Telepathy) द्वारा किसी अन्य व्यक्ति के मस्तिष्क के साथ मौन संप्रेषण किया जा सकता है। मस्तिष्क की निष्कर्ष शक्ति के आधार पर अतीत का विश्लेषण करके भविष्य का पूर्वानुमान लगाया जा सकता है। यह क्षमता इस ओर इशारा भी करती है कि दार्शनिक लोग भविष्य का अनुमान लगाने के लिए अतीत की ओर क्यों देखते हैं। मस्तिष्क मानवीय संबंधों तथा मानवीय व्यवहारों का स्रोत है। आत्मअनुशासन की शक्ति द्वारा यह किसी भी अच्छी आदत को स्वीकार कर लेता है और उसे आगे भी कायम रख सकता है। इसी से मित्रता और शत्रुता की भावना उत्पन्न होती है, जो इस बात पर निर्भर करती है कि इसे किस प्रकार के निर्देश दिए गए हैं। सच्चाई यह है कि मानव मस्तिष्क जो सोच सकता है और जिसमें विश्वास कर सकता है, उसे हासिल भी कर सकता है।

यह माना जाता है कि एक आम इंसान अपने मस्तिष्क का केवल एक प्रतिशत भाग ही मुश्किल से इस्तेमाल कर पाता है, किंतु अल्बर्ट आइंस्टाइन ने अपने मस्तिष्क का तेरह प्रतिशत तक भाग का इस्तेमाल किया। इस तेरह प्रतिशत की क्षमता में उन्होंने विज्ञान के कई महत्वपूर्ण सिद्धांतों पर शोध कर उन्हें दुनिया के सामने ला खड़ा किया, जिन्हें आधुनिक भौतिकी की नींव माना जाता है।

अल्बर्ट आइंस्टाइन

28

आइंस्टाइन के कुछ अनमोल विचार

1) अधिकतर लोगों को यह गलतफहमी होती है कि वह बुद्धि ही है, जो किसी व्यक्ति को एक महान वैज्ञानिक बनाती है। उनकी यह सोच गलत है। किसी व्यक्ति का चरित्र ही उसे महान वैज्ञानिक बनाता है।

2) यदि आपको किसी खिलाड़ी से बेहतर खेलना है तो आपको खेल के नियम सीखने होंगे।

3) सफलता का पहला नियम – भागो मत, सिर्फ जागो।

4) प्रत्येक मनुष्य बुद्धिमान है। लेकिन यदि आप किसी मछली का उसकी पेड़ पर चढ़ने की योग्यता से आकलन करेंगे तो वह पूरी ज़िंदगी यह सोचकर जिएगी कि वह मूर्ख है।

5) जिस मनुष्य ने कभी गलती नहीं की, उसने कभी कुछ नया करने की कोशिश नहीं की।

6) असली शिक्षा वह है, जो आपको तब भी याद रहे जब आप सब कुछ भूल गए हों, जो आपको याद था।

7) बीते हुए कल से सीखना, आज में जीना और कल के लिए उम्मीद रखना… सबसे महत्वपूर्ण बात है, सवाल पूछना बंद मत करना।

8) हिंसा सदा बड़ी से बड़ी बाधा को आसानी से हटा सकती है किंतु यह कभी भी सृजनात्मक नहीं हो सकती।

9) मैं कभी भी स्वर्ग अथवा नर्क में से एक को अच्छा और दूसरे को बुरा नहीं मानता क्योंकि मेरे मित्र इन दोनों ही स्थानों में रहते हैं।

10) ज़िंदगी जीने के दो तरीके हो सकते हैं – पहला यह कि इस दुनिया में चमत्कार जैसा कुछ भी नहीं है और दूसरा यह कि यह दुनिया चमत्कारों से भरी पड़ी है।

11) तर्क के आधार पर आप एक स्थान से चलकर दूसरे स्थान तक जा सकते हैं किंतु कल्पना आपको कहीं भी ले जा सकती है।

12) हम अकसर अपने ऊपर आई किसी परेशानी से डर जाते हैं, किंतु उस परेशानी के अंदर ही कोई न कोई अवसर छिपा होता है।

13) यह संसार भयानक है, उन लोगों के कारण नहीं जो बुरा करते हैं बल्कि उन लोगों के कारण जो बुरा होते हुए देखते हैं और बुरा होने देते हैं।

14) हालात मानव से अधिक कमज़ोर होते हैं।

15) एक ही काम को बार-बार करना और हमेशा उससे अलग-अलग परिणाम की उम्मीद रखना पागलपन है।

16) बिना सवाल किसी अधिकृत व्यक्ति की बात मानना, सच के खिलाफ जाना है।

17) यदि मानव जीवन को जीवित रखना है तो हमें बिलकुल नई सोच की आवश्यकता होगी।

18) एक सफल व्यक्ति बनने का प्रयास करने के बजाय जीवन के मूल्यों पर चलनेवाला इंसान बनने का प्रयास करो।

19) डर से शांति कभी नहीं लाई जा सकती। शांति तो तब आ सकती है जब हम आपसी विश्वास के लिए ईमानदारी से कोशिश करें।

20) बिना धर्म के विज्ञान लंगड़ा है और बिना विज्ञान के धर्म अंधा है।

21) यदि आप किसी चीज़ को साधारण तरीके से नहीं समझा पा रहे हैं तो इसका अर्थ है कि आप स्वयं उसे अच्छे ढंग से नहीं समझ पाए हैं।

22) किसी मनुष्य की कीमत इससे नहीं आँकी जा सकती कि वह क्या प्राप्त कर सकता है बल्कि इससे आँकी जा सकती है कि वह क्या दे सकता है।

23) व्यक्तित्व देखने अथवा सुनने से नहीं बनता, वह केवल मेहनत और काम करने से ही बनता है।

24) समय बहुत कम है। यदि हमें कुछ करना है तो अभी से शुरुआत कर देनी चाहिए।

25) स्वयं को सत्य और ज्ञान का न्यायाधीश समझनेवाले व्यक्तियों का झूठा विश्वास भगवान ही खंडित करता है।

26) मूर्खता और बुद्धिमत्ता में यह फर्क होता है कि बुद्धिमत्ता की एक सीमा होती है।

27) शांति को शक्ति के द्वारा कभी प्राप्त नहीं किया जा सकता, वह केवल समझ द्वारा ही प्राप्त की जा सकती है।

28) हम अपनी समस्याओं को उसी सोच के साथ समाप्त नहीं कर सकते, जिस सोच के साथ हमने उन्हें पैदा किया है।

29) ज्ञान से अधिक कल्पना आवश्यक है।

30) यदि तथ्य सिद्धांत से नहीं मिलते तो अपने तथ्यों को बदल दीजिए।

31) भगवान के सामने हम सभी एक बराबर ही बुद्धिमान हैं और बराबर ही मूर्ख भी।

32) यदि आप प्रसन्नतापूर्वक जीवन जीना चाहते हैं तो इसे एक व्यक्ति अथवा वस्तु के बजाय एक लक्ष्य समझें।

33) व्यक्ति को यह देखना चाहिए कि क्या हो रहा है? यह नहीं कि उसके अनुसार क्या होना चाहिए?

34) न्यूटन के बारे में सोचने का अर्थ है उनके महान कार्यों को याद करना। उनके जैसे व्यक्तित्व के बारे में इसी बात से अंदाज़ा लगाया जा सकता है कि उन्हें एक सर्वव्यापी सत्य को सिद्ध करने के लिए न जाने कितना संघर्ष करना पड़ा था।

35) बुद्धि का सही संकेत ज्ञान नहीं बल्कि कल्पनाशीलता है।

36) एक मेज, एक कुर्सी, एक कटोरा फल और एक वायलिन – खुश रहने के लिए भला और क्या चाहिए?

37) संयोग, भगवान का बचा हुआ एक गोपनीय रास्ता होता है।

38) सच और ज्ञान की खोज में लगातार लगे रहना किसी मनुष्य की सबसे बड़ी विशेषता हो सकती है।

महाआसमानी परम ज्ञान
शिविर परिचय और लाभ (निवासी)

तेजज्ञान फाउण्डेशन आत्मविकास से आत्मसाक्षात्कार प्राप्त करने का एक रास्ता है। इसके लिए सरश्री द्वारा एक अनूठी बोध पद्धति (System for Wisdom) का सृजन हुआ है। इस पद्धति को अन्तर्राष्ट्रीय मानक ISO 9001:2015 के आवश्यकताओं एवं निर्देशों के अनुरूप ढालकर सरल, व्यावहारिक एवं प्रभावी बनाया गया है।

इस संस्था की बोध पद्धति के विभिन्न पहलुओं (शिक्षण, निरीक्षण व गुणवत्ता) को स्वतंत्र गुणवत्ता परीक्षकों (Quality Auditors) द्वारा क्रमबद्ध तरीके से जाँचा गया। जिसके बाद इन पहलुओं को ISO 9001:2015 के अनुरूप पाकर, इस बोध पद्धति को प्रमाणित किया गया है।

फाउण्डेशन का लक्ष्य आपको नकारात्मक विचार से सकारात्मक विचार की ओर बढ़ाना है। सकारात्मक विचार से शुभ विचार यानी हॅपी थॉट्स (विधायक आनंदपूर्ण विचार) और शुभ विचार से निर्विचार की ओर बढ़ा जा सकता है। निर्विचार से ही आत्मसाक्षात्कार संभव है। शुभ विचार (Happy Thoughts) यानी यह विचार कि 'मैं हर विचार से मुक्त हो जाऊँ।' शुभ इच्छा यानी यह इच्छा कि 'मैं हर इच्छा से मुक्त हो जाऊँ।'

ज्ञान का अर्थ है सामान्य ज्ञान लेकिन तेजज्ञान यानी वह ज्ञान जो

ज्ञान व अज्ञान के परे है। कई लोग सामान्य ज्ञान की जानकारी को ही ज्ञान समझ लेते हैं लेकिन असली ज्ञान और जानकारी में बहुत अंतर है। आज लोग सामान्य ज्ञान के जवाबों को ज्यादा महत्त्व देते हैं। उदाहरण के तौर पर– कर्म और भाग्य, योग और प्राणायाम, स्वर्ग और नर्क इत्यादि। आज के युग में सामान्य ज्ञान प्रदान करनेवाले लोग और शिक्षक कई मिल जाएँगे मगर इस ज्ञान को पाकर जीवन में कोई बड़ा परिवर्तन नहीं होता। यह ज्ञान या तो केवल बुद्धि विलास है या फिर अध्यात्म के नाम पर बुद्धि का व्यायाम है।

सभी समस्याओं का समाधान है तेजज्ञान। भय से मुक्ति, चिंतारहित व क्रोध से आज़ाद जीवन है तेजज्ञान। शारीरिक, मानसिक, सामाजिक, आर्थिक और आध्यात्मिक उन्नति के लिए है – तेजज्ञान। तेजज्ञान आपके अंदर है, आएँ और इसे पाएँ।

यदि आप ऐसा ज्ञान चाहते हैं, जो सामान्य ज्ञान के परे हो, जो हर समस्या का समाधान हो, जो सभी मान्यताओं से आपको मुक्त करे, जो आपको ईश्वर का साक्षात्कार कराए, जो आपको सत्य पर स्थापित करे तो समय आ गया है तेजज्ञान को जानने और शब्दोंवाले सामान्य ज्ञान से उठकर तेजज्ञान का अनुभव करने का।

अब तक अध्यात्म के अनेक मार्ग बताए गए हैं। जैसे जप, तप, मंत्र, तंत्र, कर्म, भाग्य, ध्यान, ज्ञान, योग और भक्ति आदि। इन मार्गों के अंत में जो समझ, जो बोध प्राप्त होता है, वह एक ही है। सत्य के हर खोजी को अंत में एक ही समझ मिलती है और इस समझ को सुनकर भी प्राप्त किया जा सकता है। उसी समझ को सुनना यानी तेजज्ञान प्राप्त करना है। तेजज्ञान के श्रवण से सत्य का साक्षात्कार होता है, ईश्वर का अनुभव होता है। यही तेजज्ञान सरश्री महाआसमानी शिविर में प्रदान करते हैं।

सरश्री की आध्यात्मिक खोज का सफर उनके बचपन से प्रारंभ हो गया था। इस खोज के दौरान उन्होंने अनेक प्रकार की पुस्तकों का अध्ययन किया। अपने आध्यात्मिक अनुसंधान के दौरान उन्होंने नगभग सभी ध्यान पद्धतियों का भी अभ्यास किया। उनकी इसी खोज ने उन्हें

कई वैचारिक और शैक्षणिक संस्थानों की ओर बढ़ाया। जीवन का रहस्य समझने के लिए उन्होंने एक लंबी अवधि तक मनन करते हुए **अपनी खोज जारी रखी, जिसके अंत में उन्हें आत्मबोध प्राप्त हुआ।** उसके बाद उन्होंने अपने तत्कालीन अध्यापन कार्य को विराम लगाते हुए, लगभग दो दशकों से भी अधिक समय अपना समस्त जीवन मानव कल्याण के आध्यात्मिक विकास हेतु अर्पण किया।

सरश्री कहते हैं, 'सत्य के सभी मार्गों की शुरुआत अलग-अलग प्रकार से होती है लेकिन सभी के अंत में एक ही समझ प्राप्त होती है। **'समझ' ही सब कुछ है और यह 'समझ' अपने आपमें पूर्ण है।** आध्यात्मिक ज्ञान प्राप्ति के लिए इस 'समझ' का श्रवण ही पर्याप्त है।' इसी समझ को उजागर करने के लिए उन्होंने आज **तीन हज़ार से अधिक आध्यात्मिक विषयों पर प्रवचन दिए हैं,** जिनके द्वारा वे अध्यात्म की गहरी संकल्पनाएँ सीधे और व्यावहारिक रूप में समझाते हैं। समाज के हर स्तर का इंसान सरश्री द्वारा बताई जा रही समझ का लाभ ले सकता है।

यह समझ हरेक को अपने अनुभव से प्राप्त हो इसलिए सरश्री ने **'महाआसमानी परम ज्ञान शिविर'** और उसके लिए आवश्यक कार्यप्रणाली (सिस्टम) की रचना की है, **जिसका लाभ लाखों खोजी ले रहे हैं।** यह व्यवस्था आय.एस.ओ. (ISO 9001:2015) प्रमाणित है, जिसने अनेक लोगों को सत्य की राह पर चलने की प्रेरणा दी है। इसी समझ के प्रचार और प्रसार के लिए उन्होंने 'तेजज्ञान फाउण्डेशन' नामक आध्यात्मिक संस्था की नींव रखी है। इस संस्था का मुख्य उद्देश्य है- **'हॅपी थॉट्स द्वारा उच्चतम विकसित समाज का निर्माण'।**

विश्व का हर इंसान आज सरश्री के मार्गदर्शन का लाभ ले सकता है, जिसके लिए किसी भी धर्म, जाति, उपजाति, वर्ण, पंथ, रंग या लिंग का बंधन नहीं है। विश्व के हर कोने में बसे लोग आज तेजज्ञान की इस अनूठी ज्ञान प्रणाली (System for Wisdom) का लाभ ले रहे हैं। इस व्यवस्था के एक हिस्से के रूप में **लाखों लोग रोज़ सुबह और रात को**

९ बजकर ९ मिनट पर विश्व शांति के लिए प्रार्थना करते हैं।

क्या आपको उच्चतम आनंद पाने की इच्छा है? ऐसा आनंद, जो किसी कारण पर निर्भर नहीं है, जिसमें समय के साथ केवल बढ़ोतरी ही होती है। क्या आप इसी जीवन में प्रेम, विश्वास, शांति, समृद्धि और परमसंतुष्टि पाना चाहते हैं? क्या आप शारीरिक, मानसिक, सामाजिक, आर्थिक और आध्यात्मिक इन सभी स्तरों पर सफलता हासिल करना चाहते हैं? क्या आप 'मैं कौन हूँ' इस सवाल का जवाब अनुभव से जानना चाहते हैं?

यदि आपके अंदर इन सवालों के जवाब जानने की और 'अंतिम सत्य' प्राप्त करने की प्यास जगी है तो तेजज्ञान फाउण्डेशन द्वारा आयोजित 'महाआसमानी परम ज्ञान शिविर' में आपका स्वागत है। यह शिविर पूर्णतः सरश्री की शिक्षाओं पर आधारित है। सरश्री आज के युग के आध्यात्मिक गुरु और 'तेजज्ञान फाउण्डेशन' के संस्थापक हैं, जो अत्यंत सरलता से आज की लोकभाषा में आध्यात्मिक समझ प्रदान करते हैं।

महाआसमानी परम ज्ञान शिविर का उद्देश्य :

इस शिविर का उद्देश्य है, 'विश्व का हर इंसान 'मैं कौन हूँ' इस सवाल का जवाब जानकर सर्वोच्च आनंद में स्थापित हो जाए।' उसे ऐसा ज्ञान मिले, जिससे वह हर पल वर्तमान में जीने की कला प्राप्त करे। भूतकाल का बोझ और भविष्य की चिंता इन दोनों से मुक्त हो जाए। हर इंसान के जीवन में स्थायी खुशी, सही समझ और समस्याओं को विलीन करने की कला आ जाए। मनुष्य जीवन का उद्देश्य पूर्ण हो।

'मैं कौन हूँ? मैं यहाँ क्यों हूँ? मोक्ष का अर्थ क्या है? क्या इसी जन्म में मोक्ष प्राप्ति संभव है?' यदि ये सवाल आपके अंदर हैं तो महाआसमानी परम ज्ञान शिविर इसका जवाब है।

महाआसमानी परम ज्ञान शिविर के मुख्य लाभ :

इस शिविर के लाभ तो अनगिनत हैं मगर कुछ मुख्य लाभ इस प्रकार हैं–

* जीवन में दमदार लक्ष्य प्राप्त होता है।
* 'मैं कौन हूँ' यह अनुभव से जानना (सेल्फ रियलाइजेशन) होता है।

* मन के सभी विकार विलीन होते हैं।
* भय, चिंता, क्रोध, बोरडम, मोह, तनाव जैसी कई नकारात्मक बातों से मुक्ति मिलती है।
* प्रेम, आनंद, मौन, समृद्धि, संतुष्टि, विश्वास जैसे कई दिव्य गुणों से युक्ति होती है।
* सीधा, सरल और शक्तिशाली जीवन प्राप्त होता है।
* हर समस्या का समाधान प्राप्त करने की कला मिलती है।
* 'हर पल वर्तमान में जीना' यह आपका स्वभाव बन जाता है।
* आपके अंदर छिपी सभी संभावनाएँ खुल जाती हैं।
* इसी जीवन में मोक्ष (मुक्ति) प्राप्त होता है।

महाआसमानी परम ज्ञान शिविर में भाग कैसे लें?

इस शिविर में भाग लेने के लिए आपको कुछ खास माँगें पूरी करनी होती हैं। जैसे-

१) आपकी उम्र कम से कम अठारह साल या उससे ऊपर होनी चाहिए।

२) आपको सत्य स्थापना शिविर (फाउण्डेशन ट्रुथ रिट्रीट) में भाग लेना होगा, जहाँ आप सीखेंगे- वर्तमान के हर पल को कैसे जीया जाए और निर्विचार अवस्था में कैसे प्रवेश पाएँ।

३) आपको कुछ प्राथमिक प्रवचनों में भाग लेना है, जहाँ आप बुनियादी समझ आत्मसात कर, महाआसमानी परम ज्ञान शिविर के लिए तैयार होते हैं।

यह शिविर एक या दो महीने के अंतराल में आयोजित किया जाता है, जिसका लाभ हज़ारों खोजी उठाते हैं। इस शिविर की तैयारी आप दो तरीके से कर सकते हैं। पहला तरीका- मनन आश्रम (पूना) में ५ दिवसीय निवासी शिविर में भाग लेकर, दूसरा तरीका- तेजज्ञान फाउण्डेशन के नजदीकी सेंटर पर सत्य श्रवण द्वारा। जैसे- पुणे, मुंबई, दिल्ली, सांगली, सातारा, जलगाँव, अहमदाबाद, कोल्हापुर, नासिक,

अहमदनगर, औरंगाबाद, सूरत, बरोडा, नागपुर, भोपाल, रायपुर, चेन्नई, वर्धा, अमरावती, चंद्रपुर, यवतमाल, रत्नागिरी, लातूर, बीड, नांदेड, परभणी, पनवेल, ठाणे, सोलापुर, पंढरपुर, अकोला, बुलढाणा, धुले, भुसावल, बैंगलोर, बेलगाम, धारवाड, भुवनेश्वर, कोलकत्ता, राँची, लखनऊ, कानपुर, चंदीगढ़, जयपुर, पणजी, म्हापसा, इंदौर, इटारसी, हरदा, विदिशा, बुरहानपुर।

इनके अतिरिक्त आप महाआसमानी की तैयारी फाउण्डेशन में उपलब्ध सरश्री द्वारा रचित पुस्तकें या यू ट्यूब के संदेश सुनकर भी कर सकते हैं। मगर याद रहे ये पुस्तकें, कैसेटस्, यू ट्यूब के प्रवचन शिविर का परिचय मात्र है, तेजज्ञान नहीं। आप महाआसमानी परम ज्ञान शिविर में भाग लेकर ही तेजज्ञान का आनंद ले सकते हैं। आगामी महाआसमानी परम ज्ञान शिविर में अपना स्थान आरक्षित करने के लिए संपर्क करें :
09921008060/75, 9011013208

पुस्तकें प्राप्त करने के लिए नीचे दिए गए पते पर मनीऑर्डर द्वारा पुस्तक का मूल्य भेज सकते हैं। पुस्तकें रजिस्टर्ड, कुरियर अथवा वी.पी.पी. द्वारा भेजी जाती हैं। पुस्तकों के लिए नीचे दिए गए पते पर संपर्क करें।

WOW Publishings Pvt. Ltd.

✽ रजिस्टर्ड ऑफिस - इ- 4, वैभव नगर, तपोवन मंदिर के नज़दीक, पिंपरी, पुणे - 411017

✽ पोस्ट बॉक्स नं. 36, पिंपरी कॉलोनी पोस्ट ऑफिस, पिंपरी, पुणे - 411017 फोन नं.: 09011013210 / 9146285129

आप ऑन-लाइन शॉपिंग द्वारा भी पुस्तकों का ऑर्डर दे सकते हैं।
लॉग इन करें - www.gethappythoughts.org
500 रुपयों से अधिक पुस्तकें मँगवाने पर 10% की छूट और फ्री शिपिंग।

वॉव पब्लिशिंगस् द्वारा प्रकाशित पुस्तकें

विचार नियम
आपकी कामयाबी का रहस्य
Pages - 200
Price - 175/-

क्या हम सभी आंतरिक शांति को तलाश रहे हैं?

क्या हम अपने जीवन में आंतरिक शांति और स्थायी पूर्णता की चाहत रखते हैं? साथ ही हमें बेशर्त प्रेम और आनंद की तलाश रहती है। परंतु यह संभव नहीं लगता क्योंकि रोज़मर्रा के जीवन में चुनौतियों में हम उलझकर रह जाते हैं।

क्या हम सभी सांसारिक सफलता पाने की चाहत रखते हैं?

हम सभी संपन्न जीवन का आनंद लेना चाहते हैं। एक ऐसा जीवन जहाँ रिश्तों में भरपूर ताल-मेल और अपनापन हो, आर्थिक स्वतंत्रता हो और उत्तम स्वास्थ्य हो। हम सभी अपने काम में रचनात्मक और उत्पादक बनकर सर्वोत्तम परिणाम हासिल करने की चाह रखते हैं। लेकिन ये सब हासिल करने की कीमत हमें अपनी आंतरिक शांति खोकर चुकानी पड़ती है...

खुशखबर यह है कि अब हमें दोनों प्राप्त हो सकते हैं!
'विचार नियम' पुस्तक के ज़रिए –

- अपने आंतरिक और बाहरी जीवन में ताल-मेल बिठाएँ।
- अपनी इच्छानुसार शांत और स्थिर महसूस करें।
- विचारों के पार जाकर अपने 'असली अस्तित्व' को पहचानें, जो आपकी मूल अवस्था है।
- विचार नियमों को अपने जीवन में उतारें ताकि आप अपनी उच्चतम संभावना की ओर सहजता से आगे बढ़ पाएँ।
- मौनायाम की अवस्था में रहकर प्रेम, आनंद, करुणा, भरपूरता व रचनात्मकता जैसे गुणों को अपने अंदर से प्रकट होने का मौका दें।

आइए, बीस लाख से भी अधिक पाठकों के समूह में शामिल हो जाएँ, जिन्होंने विचारों के ७ शक्तिशाली नियमों तथा मत्रों द्वारा आंतरिक शांति और सफलता हासिल की है।

असंभव कैसे करें संभव

हातिम से सीखें साहस और निःस्वार्थ जीवन का राज़

Pages - 184
Price - 100/-

हातिम के किस्से विश्व प्रसिद्ध हैं जो आपको रहस्य, रोमांच और साहस की तिलस्मी दुनिया में ले जाते हैं। लेकिन इस बार यह साहस आपको दिखाना है और सात नहीं बल्कि चौदह सवालों के जवाब खोजने हैं पर एक अलग ढंग से। यह खोज जंगलों में, पर्वतों पर, रेगिस्तानों में नहीं बल्कि स्वयं के भीतर ही डुबकी लगाकर करनी है।

इस खोज में यह पुस्तक आपकी मार्गदर्शक बनेगी। जो पहले आपको सवाल देगी, फिर आपसे उनके जवाबों की खोज करवाएगी। ये जवाब आपको सिखाएँगे-

१. असंभव कैसे बने संभव? वहम, तथ्य, सत्य और परमसत्य का रहस्य क्या है?

२. कुदरत से कैसा ताल-मेल बनाएँ ताकि लक्ष्य सहजता से प्राप्त हो?

३. दुःख से बाहर आने की कला क्या है, आनंदित अवस्था कैसे पाएँ?

४. निःस्वार्थ जीवन की शक्ति क्या है, इसे अपनाना क्यों ज़रूरी है?

५. कर्म विज्ञान क्या है, कर्म बंधनों से मुक्ति कैसे पाएँ?

६. प्रेम, आनंद, शांति, संपन्नता, स्वास्थ्य, मधुर रिश्तोंभरा जीवन कैसे पाएँ?

७. मृत्यु और जीवन का रहस्य क्या है? मुक्ति क्या है, इसे कैसे प्राप्त करें?

तो चलिए हातिम बनकर सात-सात वचनों के साथ आंतरिक खोज का शुभारंभ करें और वह सब कुछ प्राप्त करें, जिसे पाने के लिए आप पृथ्वी पर आए हैं।

इमोशन्स पर जीत
दुःखद भावनाओं से मुलाकात कैसे करें
Pages - 176
Price - 135/-

आज लोग आय.क्यू. का महत्त्व तो समझते हैं परंतु इ.क्यू. (इमोशनल कोशंट) का महत्त्व उससे अधिक है, यह कम लोग जानते हैं।

भावनाओं से जूझ रहे इंसान के पास यदि 'इ.क्यू.' है तो वह जीवन की हर बाज़ी को पलट सकता है। परंतु यदि उसके पास इ.क्यू. नहीं है और केवल आय.क्यू. है तो उस कार्य को कर पाना उसके लिए मुश्किल हो सकता है। इसी लिए भावनात्मक परिपक्वता पाना महत्वपूर्ण है।

सिर्फ उम्र से बड़ा होना परिपक्वता नहीं है, भावनाओं से प्रभावित हुए बिना उनसे गुज़रकर, उनको सही रूप में देखने की कला सीखकर ही इंसान भावनात्मक रूप से परिपक्व बनता है। यही परिपक्वता आपको प्रदान करती है यह पुस्तक।

भावनाओं से मुक्ति पाने के दो ही तरीके इंसान ने सीखे हैं– एक है उन्हें निगलना और दूसरा है उगलना। जबकि भावनाओं को मुक्त करने के अनेक अचूक तरीके हैं, जो इस पुस्तक में आपको बताए गए हैं।

अपनी भावनाओं को दुश्मन नहीं, दोस्त बनाने के लिए पढ़ें...

✲दुःखद भावनाओं से मुक्ति का मार्ग

✲क्या रोना अच्छा है या कमज़ोरी है

✲असुरक्षा की भावना से मुक्ति कैसे मिले

✲भावनाओं को मुक्त करने के चार योग्य तरीके

✲भावनाओं से मुलाकात करने के चार उच्चतम तरीके

✲भावनाओं को अभिव्यक्त करने के सच्चे तरीके

संपूर्ण प्रशिक्षण
सीखें महान महारत तकनीकें

Pages - 224
Price - 125/-

जीवन में बड़ा लक्ष्य प्राप्त करने के लिए हर इंसान को संपूर्ण प्रशिक्षण की आवश्यकता है। इस पुस्तक में हर उस प्रशिक्षण को संजोया गया है, जो आपके लिए मील का पत्थर साबित होगा। आइए, कुछ प्रशिक्षणों पर नज़र डालते हैं।

* आउट ऑफ बॉक्स सोचने का प्रशिक्षण
* नई चीज़ों को कम समय में सीखने का प्रशिक्षण
* टीम में आत्मविकास का प्रशिक्षण
* सोच-शक्ति को बढ़ाने का प्रशिक्षण
* जो मिला है, उसकी उचित देखभाल कर सकने का प्रशिक्षण
* कम शब्दों और समय में महत्वपूर्ण संदेश लोगों तक पहुँचाने का प्रशिक्षण
* लक्ष्य को हर समय याद रख पाने का प्रशिक्षण

कुछ किताबें ऐसी होती हैं, जो केवल सतही ज्ञान देती हैं, ऊपर-ऊपर से चीज़ों को प्रकाश में लाती हैं। कुछ किताबें आपको आपके अंदर के गुणों और अवगुणों की पहचान करवाती हैं। यह किताब आपको एक ऐसी योजना देती है, जो न केवल संपूर्ण प्रशिक्षण के नक्शे को प्रकाश में लाती है बल्कि नक्शे से आपकी पहचान भी करवाती है। इतना ही नहीं, आगे चलकर आपको उस नक्शे पर चलने के लिए प्रेरित भी करती है।

असफलता का मुकाबला
काबिलीयत रहस्य
Pages - 184
Price - 100/-

- 'क्या आपको कभी असफलता फली है?'
१. जी हाँ, सफलता ही असफलता का फलित रूप है लेकिन इंसान इसे तब तक मानने से इंकार करता है, जब तक सफलता न मिले।
- 'क्या पैसा, पद, शोहरत प्राप्त न कर पाना ही असफलता है?'
२. पैसा, पद, शोहरत हासिल न कर पाना असफलता नहीं है बल्कि अपना हौसला खो देना असफलता है।
- 'क्या यह संभव है कि असफलता ही सफलता की राह का बल बन जाए?'
३. असफलता ही सफलता की राह का बल बन सकती है। इतिहास ऐसे उदाहरणों से भरा है, जब असफलता पाकर इंसान और भी अधिक संकल्पबद्ध होकर कामयाब हुआ है।
- 'क्या असफलता में भी कोई खूबी छिपी होती है?'
४. असफलता की खूबसूरती कुछ यूँ है कि उसमें इंसान की सारी गलतियाँ भस्म हो जाती हैं और वह अपने भीतर धीरज, विश्वास और काबिलीयत का संवर्धन कर, असफलता से मुकाबला करने के लिए स्वयं को तैयार कर पाता है।
- 'क्या निराशा और असफलता, अंतिम सफलता के आधार स्तम्भ हैं?'
५. अंतिम सफलता तक पहुँचने के लिए निराशा का धक्का वरदान है। असफलता से मुकाबला करने का हौसला है यह पुस्तक... जिसे पढ़कर आपके भीतर असफलता का एक नया अर्थ जन्म लेगा। तब सही मायने में असफलता फलित होकर सफलता के शिखर को छू पाएगी। जहाँ सफलता-असफलता विरोधी न होकर, एक दूसरे के पूरक होंगे।

विश्वास नियम
सर्वोच्च शक्ति के सात नियम

Pages - 168
Price - 140/-

आपका मोबाइल तो अप टू डेट है परंतु क्या आपका विश्वास अप टू डेट है? क्या आपका आज का विश्वास आपको अंतिम सफलता की राह पर बढ़ा रहा है? यदि उपरोक्त सवालों के जवाब 'नहीं' हैं तो आपको विश्वास नियम की आवश्यकता है। विश्वास नियम आपके विश्वास को बढ़ाकर उसे अप टू डेट करता है।

'विश्वास' ईश्वर द्वारा दी हुई वह देन है– जो हमारे स्वास्थ्य, रिश्ते, मनशांति, आर्थिक समृद्धि एवं आध्यात्मिक उन्नति में चार चाँद लगाता है। आइए, इस शक्ति का चमत्कार अपने जीवन ये देखें और 'सब संभव है' इस पंक्ति का प्रत्यक्ष अनुभव लें।

इस पुस्तक में दिए गए सात विश्वास नियम ऊर्जा का असीम भंडार हैं। ये आपके जीवन की नकारात्मकता हटाकर, आपको सकारात्मक ऊर्जा से लबालब भर देंगे। जीवन के हर स्तर पर आपकी मदद करेंगे। इसलिए यह पुस्तक इस विश्वास के साथ पढ़ें कि 'अब सब संभव है' और जानें...

* विश्वास की शक्ति से जो चाहें वह कैसे पाएँ
* विश्वास को वाणी में लाकर जीवन को कैसे बदलें
* विश्वासघात पर मात पाकर विश्व के लिए नया उदाहरण कैसे बनें
* अपने भीतर छिपे हर अविश्वास को विश्वास में रूपांतरित करके विकास की ओर कैसे बढ़ें
* हर समस्या का समाधान कैसे खोजें
* विश्वास द्वारा संपूर्ण सफलता कैसे पाएँ

विकास नियम
आत्मविकास द्वारा संतुष्टि पाने का राज़

Pages - 176
Price - 100/-

विकास नियम हमारे चारों ओर काम कर रहा है। फिर चाहे वह शरीर का विकास हो, बुद्धि का विकास हो, शहर या देश का विकास हो। यह नियम तो एक बुनियादी नियम है; यह पूर्णता की चाहत है। आइए, इस पुस्तक द्वारा विकास नियम को अपना आदर्श बना दें और विकास की नई ऊँचाइयों को छू लें।

विकास नियम हर इंसान और वस्तु में छिपी संभावनाओं को प्रकट करने का नियम है। यह आपकी संपूर्ण संतुष्टि की चाहत को पूरा करता है। इस नियम के जरिए जान लें जो अब आपके सामने है।

- ❈ विकास नियम का महा मंत्र क्या है?
- ❈ विकास की शुरुआत कैसे और कहाँ से करें?
- ❈ विकास का विकल्प कैसे चुनें?
- ❈ विकास पर सदा अपनी नजर कैसे टिकाए रखें?
- ❈ आत्मविकास के स्वामी कैसे बनें?
- ❈ इंसान की अंतिम विकास अवस्था क्या है?
- ❈ स्वयं को और अपने मन की जमाई सोच को कैसे जानें?

विकास नियम के पन्नों में छिपे हैं, ऐसे कई सवालों के सरल जवाब, जिन्हें पढ़ना शुरू करें आज से, याद से...।

तेजज्ञान फाउण्डेशन – मुख्य शाखाएँ
पुणे (रजिस्टर्ड ऑफिस)

विक्रांत कॉम्प्लेक्स, तपोवन मंदिर के नज़दीक, पिंपरी, पुणे-४११०१७.
फोन : 020-27411240, 27412576

मनन आश्रम

सर्वे नं. ४३, सनस नगर, नांदोशी गाँव, किरकटवाडी फाटा, तहसील – हवेली, जिला- पुणे – ४११ ०२४. फोन : 09921008060

e-books

• The Source • Celebrating Relationships • The Miracle Mind • Everything is a Game of Beliefs • Who am I now • Beyond Life • The Power of Present • Freedom from Fear Worry Anger • Light of grace • The Source of Health and many more.

Also available in Hindi at www. gethappythoughts.org

Free apps

U R Meditation & Tejgyan Internet Radio on all platforms like Android, iPhone, iPad and Amazon

e-magazines

'Yogya Aarogya' & 'Drushtilakshya'
emagazines available on www.magzter.com

e-mail - mail@tejgyan.com

website - www.tejgyan.org, www.gethappythoughts.org

– नम्र निवेदन –

विश्व शांति के लिए लाखों लोग प्रतिदिन
सुबह और रात ९ बजकर ९ मिनट पर प्रार्थना करते हैं।
कृपया आप भी इसमें शामिल हो जाएँ।

www.ingramcontent.com/pod-product-compliance
Lightning Source LLC
LaVergne TN
LVHW040151080526
838202LV00042B/3105